意林 心励志

我的情绪我做主

《意林》图书部 编

山东人民出版社·济南
国家一级出版社 全国百佳图书出版单位

图书在版编目（CIP）数据

我的情绪我做主 /《意林》图书部编. -- 济南：山东人民出版社，2025.4.--（意林心励志）. -- ISBN 978-7-209-15666-0

Ⅰ. I14

中国国家版本馆CIP数据核字第2025U3U925号

我的情绪我做主

WO DE QINGXU WO ZUOZHU

《意林》图书部 编

主管单位 山东出版传媒股份有限公司
出版发行 山东人民出版社
出 版 人 胡长青
社　　址 济南市市中区舜耕路517号
邮　　编 250003
电　　话 总编室（0531）82098914
　　　　 市场部（0531）82098027
网　　址 http://www.sd-book.com.cn
印　　装 北京瑞禾彩色印刷有限公司
经　　销 新华书店

规　　格 16开（185mm×260mm）
印　　张 8
字　　数 160千字
版　　次 2025年4月第1版
印　　次 2025年4月第1次
ISBN 978-7-209-15666-0
定　　价 35.00元

如有印装质量问题，请与出版社总编室联系调换。

启　事

本书编选时参阅了部分报刊和著作，我们未能与部分作品的文字作者、漫画作者以及插画作者取得联系，在此深表歉意。请各位作者见到本书后及时与我们联系，以便按国家相关规定支付稿酬及赠送样书。为更加适合小读者阅读，本书对部分文章做了适当修改。

地址：北京市朝阳区南磨房路37号华腾北搪商务大厦1501室《意林》图书部（100022）

电话：18501931246

目录
CONTENTS

第一章

我的情绪小怪兽

读懂情绪信号
找到自己的节奏，而不是被带节奏

第二章

我是情绪的小主人

在稳定的情绪中
遇见更好的自己

第三章

所有烦恼都有解药

想得越多便越有问题
开始行动便都是答案

第四章

别让心态毁了你

调节好心态，塑造好性格
培养好习惯

第一章

我的情绪小怪兽

读懂情绪信号

找到自己的节奏，而不是被带节奏

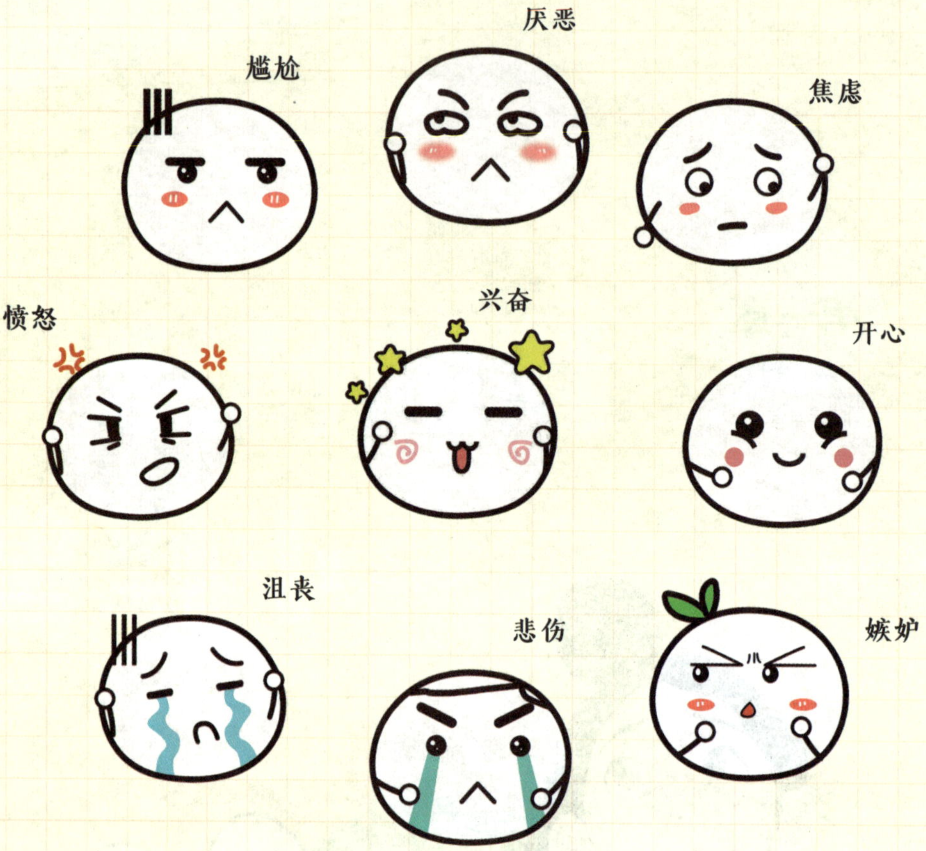

画重点

情绪的产生是有原因的

看清自己内心的需求

学会表达情绪

而非压抑或爆发

希望无论发生任何事情，
你都有快乐起来的能力。

最快乐的孩子

□刘恒菊

童年的一个清晨，我起床后发现，昨晚下了一场特大的雪。村里，大人们都手握大锹，铲出便于自家行走的通道。各家的通道连起来，村里就可以通行了。

父亲说：“雪太深，你今天就不要上学了。”我却偏要去。这让父亲很诧异，平时我上学最不积极。其实，我只是想去路上看看有没有跑不动的野兔。见我坚持，父亲让我穿上胶鞋，又用塑料布把我的胶鞋和小腿都包起来，才让我走。

走出村子，我有些害怕了。路上的雪，深的地方能淹没我的膝盖。前面没有脚印，说明别的孩子都还没有出门。我走得很小心，生怕跌进雪窝。路上根本没有野兔的踪迹，旁边的田野我可不敢去。还是一门心思上学去吧！我从路旁折了一根树枝，向前试探着深浅，一步步向学校走。

在学校门口，我见到了老师。整个校园被白雪覆盖，寂静得吓人。我是最早到校的孩子。老师有些惊奇地看着我，抚摩我的头，又蹲下帮我拍掉膝盖上沾的积雪。他说：“你这孩子还真勇敢，这样下去以后肯定会有出息！”

我没想到，在雪路的尽头，竟然有这样温暖的夸赞在等着我！这是老师第一次夸我。他的这句夸赞，对我来说太重要了。我一直把它珍藏了几十年。老师又对我说：“雪太深了，预报说马上还要下，今天学校就不上课了。你回去的路上，要是碰到学生，就告诉他们一声。”

怀揣着使命，我在回去的路上只要碰到一个同学，就郑重其事地告之：“老师叫我对你们说，今天不要上学了！”很多同学都因此没白跑一趟学校。在那个大雪天的早晨，我是天底下最快乐的孩子！

要有前进一寸的勇气，也要有后退一步的从容。

用笑容包容别人，用哭勉励自己

□黄小平

一日，朋友问我：“什么叫笑容？”

“笑容，就是指笑的面容。”我说。

“你只道出了笑容的形式，没有说出笑容的内容和本质。笑容的内容和本质，就是用笑去包容别人。”朋友说。

笑容，就是用笑去包容别人。朋友充满智慧、富有创意的解释，让我的心为之一振。

另一日，朋友把一张画好的漫画拿给我看，问：“这漫画上的人是笑还是哭？”我拿过来一看，见画的是一个人的头像，一副泪流满面的样子。

“当然是哭喽。”我说。

“你把画倒过来看，会怎么样呢？”朋友说。

我把漫画倒过来看，刚才还是泪流满面的脸，一下就变得笑容可掬了。

“怎么会这样？”我不解地问。

“从绘画的角度来看，同一个物体，从不同的角度来看，看到的效果是不同的，”朋友说，“所以，在你伤心得要哭的时候，不妨换个角度来思考，说不定，会改变你的心境。”

仔细回味朋友的话，竟从中悟出了几分哲理来。不是吗？经历失败，遭受挫折，本是令你哭、令你伤心的事。但如果说，每一次成功都要经历十次失败和挫折，那么你所经受的每一次失败和挫折，不都是在向成功靠近一步吗？这样倒过来一看，失败和挫折不就成了人生值得庆幸的事了吗？

一个懂得把“哭”倒过来看的人，一个懂得化哭为笑的人，一定是一个懂得抓住人生快乐和幸福的人。

不为小事动摇，才能成为大事的赢家。

情绪越简单，内心越幸福

□国　文

晚唐有位叫德诚的禅师，他有一次外出钓鱼，直到深夜仍是一无所获，连条小鱼都没能上钩。坐着小船空手而归时，他没有抱怨今日运气不佳，反倒静心欣赏这满塘的月色。

归家后，他欣然提笔，写下一句名动天下的诗词：“夜静水寒鱼不食，满船空载月明归。”鱼儿没有上钩又有何妨，我载着满船的月光回去也是大有所获。

生活中的事，顺心的少，缺憾离别总是铺满人生这条路，纠结越多，烦恼也就越多。

事与愿违与如愿以偿，往往只在一念之间，情绪简单了，生活就不会太复杂。

《红楼梦》里，林黛玉总是忧思多虑，敏感多疑。

一次，她因生病在屋内歇息，听见外面有人叫嚷：“你这不成人的小蹄子！你是个什么东西，来这园子里头混搅！”黛玉一听，多心以为这人是在指桑骂槐，寄人篱下多年的她顿时心生悲痛，竟哭晕了过去。

反观书中的刘姥姥，二进大观园时，拉了一车自家地里种的蔬菜瓜果。她不怕人笑话，乐呵呵地拿着带泥的新鲜蔬果到处分发。

贾府的人看不上，话里话外嘲讽讥笑，一群人拿着鲜花插在她头上，她也不恼，还自嘲是头大母牛。

古语说：“有心者有所累，无心者无所谓。”“有心”的林黛玉任由情绪的猛洪决堤，在郁郁寡欢中含恨而离；“无心”的刘姥姥反倒一生自在，福寿绵长。

那些过得幸福的人，并非拥有多么优越的条件，而是早就学会将非议、讥讽、一时的失意，最大限度摒弃在心门之外。

凡事往简单了想，生活往简单了过，让自己过得快乐比什么都重要。

气人的话再忍一忍，伤人的话多想一想。

钉　子

□佚　名

有一个男孩，脾气很坏，于是他的父亲就给了他一袋钉子；并且告诉他，每当他发脾气的时候，就钉一根钉子在后院的围篱上。

第一天，这个男孩钉下了37根钉子。慢慢地，他每天钉下的钉子数量减少了。他发现控制自己的脾气要比钉下那些钉子来得容易些。

终于有一天，这个男孩再也不会因失去耐性而乱发脾气，他告诉父亲这件事。父亲告诉他，从现在开始，每当他能控制自己脾气的时候，就拔出一根钉子。

一天天过去了，最后男孩告诉父亲，他终于把所有钉子都拔出来了。

父亲握着他的手来到后院说：你做得很好，我的好孩子。但是看看那些围篱上的洞，这些围篱将永远不能恢复成从前的样子了。你生气时说的话将像这些钉子一样，会让对方留下疤痕。话语带来的伤痛就像真实的伤痛一样，令人无法承受。

真正智慧的人，懂得进退有度。

摸摸头，长不高

□邱慧伶

小时候，常听到这样一句俗语“摸摸头，长不高”，是说如果小孩子的头被摸，以后就长不了大个子。后来才知道这句俗语其实没有科学依据。但是，在植物界，“摸摸头，长不高”并不是没道理。这究竟是怎么一回事呢？

早在古希腊时期，人们就发现，触摸、弯折和摇晃植物，植物会长得不如之前。但那时候，人们不明白这究竟是意外还是植物真有特别的生长机制。

1960年，美国植物学家弗兰克·萨利斯伯里在研究苍耳开花的关键因素时，意外发现被测量的苍耳叶片长势十分糟糕，明明自己已经精心照顾，但苍耳叶片还是逐渐枯黄、凋零。而同一批买的其他苍耳反倒长得很茂盛，枝丫努力向上生长。

弗兰克的发现引发了植物生理学家马克·贾菲的思考：触碰会导致植物停滞生长吗？苍耳是个例，还是所有植物都是如此呢？

马克一次次给植物施展“摸摸头”魔法。“摸摸”花苞，花苞不幸地萎蔫，没法开出美丽的花朵；“摸摸”刚长出来的果实，果实不能成熟；“摸摸”挺直的茎秆，茎秆也弯了腰。虽然魔法不是百分百灵验，但大多数时候，植物都抵不过“摸摸”。

马克确认，被触碰过的植物更容易出现生长停滞、植株矮小的情况，并提出了“接触形态建成”的概念。

为什么摸几下植物就长不好呢？生物化学家珍妮特·布拉姆通过对拟南芥的实验，找到了答案。植物生长离不开钙调蛋白，如果触摸植物，就会影响钙调蛋白的合成。这就像是植物在生长时，发现前方有障碍物，就会“避而远之”，不再往前冲刺。

这种被触碰就长不高的机制其实是植物的自我保护，如果明知道有危险，还要迎难而上，必然会危及生命。有时候，“退缩”也是一种大智慧。

每个人都有自己的节奏。

每种花都有自己的花季

□黄小平

朋友说他小时候喜欢画画，梦想成为一名画家。父亲见他痴迷于画画，便带他去拜访一位老画家。老画家看了他的画之后，问他：“孩子，你为什么要学画画呢？”他说：“我想成为一名画家。”“但不是每个学画画的人最后都能成为画家，”老画家提醒道，“孩子，你画画时觉得快乐吗？”他答道：“快乐。”“快乐就够了，”老画家说，“因为快乐就是人生的花朵，更是人生最美的图画。”

老画家还告诉他：“世界上有两种花，一种花能结果，另一种花不能结果，而不能结果的花往往更美丽，比如玫瑰和郁金香，它们从不因为不能结果，而放弃绽放自身的快乐和美丽。人也像花一样，有一种人能‘结果’，成就一番事业；也有一种人不能‘结果’，一生没有什么建树，只是一个普通人而已。但是，只要心中有快乐，脸上有欢笑，普通人也可以像玫瑰和郁金香那样，得到人们的欣赏和赞美。”临走时，老画家拍拍他的肩膀，鼓励道：“孩子，去做一个快乐的人吧！”

后来，朋友一直保持着画画的习惯，但目的再也不是成为一名画家，而是在画画的过程中领略和享受人生的快乐。

另一个朋友告诉我，自记事起，他就知道自己是一个笨拙的孩子，所以时常不开心。而母亲经常告诉他：“每种花都有开放的机会，都有属于自己的花季，那些还没有开放的花，只是未到开花的季节，在此之前要更努力地吸收养分和阳光，储蓄足够的能量，耐心地等待属于自己的花季；每个人都是一朵花，都有开放的季节，都有成功的机会，在机会还没有到来时，也要像花一样，学习更多的知识，积累更多的人生智慧，当属于自己的季节到来时，自然会绽放出美丽的人生之花。”

在学生时代，朋友曾因长得憨头憨脑而不讨人喜欢；进入社会之后，他曾因长得憨态十足而难以找到工作。但他没有自暴自弃，而是时刻牢记母亲的教诲，相信每个人都是一朵花，每个人都有属于自己的花季。面对他人的嘲讽、打击以及挫折、失败，他始终不气馁、不放弃、不绝望，不断努力，不断进取。功夫不负有心人，有一次，一个剧组的导演偶然看到他憨态可掬的表演后，录取了他。后来，他成为一位有名的喜剧演员，成了一朵人中之“花”。

做人做事，最忌自负。

死于胜利的鲸鱼

□牟丕志

一头青年鲸鱼在海洋中悠闲地游着。大大小小的鱼都躲避它，纷纷逃命。它很得意，也很自信。鲸鱼是海洋中的霸主，它拥有巨大的身躯，游动起来如排山倒海一般，强大无比，威风极了。鲸鱼饿了就去找鱼群，当它接近鱼群时，鱼儿们还不知怎么回事，就连同海水一起被鲸鱼吞到嘴里。然后鲸鱼将海水吐掉，将鱼儿们咽到肚子里。有时，鲸鱼吃饱了，也喜欢追逐鱼群，看它们狼狈逃命的样子。

沙丁鱼是青年鲸鱼爱吃的鱼，它们常常被鲸鱼成群结队地吞进腹中。青年鲸鱼已严重威胁到了沙丁鱼的生存。于是，沙丁鱼群向这头青年鲸鱼发起冲击。

青年鲸鱼感到很好笑，心想："这同食物送上门有什么两样？"于是，面对纷纷冲上来的沙丁鱼，它不紧不慢地张开大嘴，将一群群沙丁鱼尽收口中。结果显而易见，胜利者百分之百是鲸鱼。一天又一天过去了，沙丁鱼总是以失败而告终，而青年鲸鱼总是以胜利结束战斗。每次取得胜利，青年鲸鱼都十分兴奋，它总是兴致勃勃地追逐沙丁鱼的残兵败将，将它们全部收入口中。在一次又一次的胜利中，它体味着胜利者的喜悦和自豪。

有时，青年鲸鱼想，沙丁鱼这样同自己决战，实在是太愚蠢了，如果要从海洋中选世界上最愚蠢的鱼，那就非沙丁鱼莫属了。

一天，一大批沙丁鱼又向青年鲸鱼发起了挑战，青年鲸鱼一张口就将它们消灭了大半，剩下的一小部分狼狈逃跑。青年鲸鱼来了兴致，心想："你们哪有我跑得快，一个也别想逃命。"于是，它尾随在后一口一口地吃掉沙丁鱼。沙丁鱼越来越少，但仍然有一些沙丁鱼试图逃脱青年鲸鱼的追杀。青年鲸鱼决定乘胜追击，将它们消灭干净。于是，一路追了下去。

青年鲸鱼忘了自己追出多远，正当它要张口吞下最后一群沙丁鱼时，忽然发觉自己的肚皮已经触到了浅水滩的沙子。它知道这很危险，可是，由于用力过猛，它此时已经无力控制自己的身体，只见它的巨大身躯一下子冲上了沙滩。它想抽身返回，已经来不及了。它搁浅了，它挣扎着，不久就无奈地死去了。

海龟将这一切看得清清楚楚。它说，这是一头死于胜利的鲸鱼。

当你感到嫉妒、快乐、焦虑或悲伤时，为什么不与他人分享自己的真实感受呢？

一只孤独的小小鸟

□赵卯卯

已经开学两个多月了，可陶笛还是不太喜欢学校，每天总是找各种理由不上学。

“妈妈，我肚子疼，能不能请假？”

“妈妈，我头疼，不能上学了。”

“外面下雨了，我能在家待着吗？”

……

妈妈觉得既生气又好笑：“如果你真不舒服，那我们去看医生？”陶笛赶紧摇头。

陶笛不想上学不是因为别的，是因为她在学校里没有一个好朋友。好朋友是什么样的呢？好朋友就是每天早上见面会拥抱，下课会说悄悄话，还会一起手拉手上厕所……

可陶笛每天都孤零零的，一想到这儿，她眼圈一红，又想哭了。

妈妈偷偷给马老师打了个电话。其实妈妈有些不太信任马老师，因为马老师太年轻了。可马老师说，关于陶笛的事，她已经想好对策了。

“丁零零”，上课了，马老师走进教室，可今天她并没有急着让大家打开课本，而是“唰唰唰”在黑板上写了几个大字——“大声说出来”。

马老师说：“我们今天玩一个游戏，好不好？”“好。”大家喊道。

“游戏很简单，就是把平时不敢说的话，大声说出来。”马老师说完，安顿站了起来：“老师，我要第一个说。”

“好，就从安顿开始。”

“顾塔塔，周末你能来参加我的生日派对吗？”

前天安顿和顾塔塔闹了别扭，他怕顾塔塔不再理他。顾塔塔笑着说：“可以。”其实顾塔塔早就原谅他了。

“我想和刘浩宇做同桌。”王明大声说。

“我想和王明做同桌。”刘浩宇大声说。

“安顿，如果你每天不用手背抹鼻涕，我就和你做朋友。”许果果说。大家都笑了。

“我想和陶笛做朋友。”顾塔塔突然站起来大声说。

“还有我，我也想和陶笛做朋友。”唐豆也跟着说。

“我也是。”是许果果。陶笛先是一愣，然后脸一下涨红了。

“我……我也想和大家做朋友。”陶笛说。尽管她的声音很小，可每个人都听到了。

情绪小纸条

讨好型人格的自救指南

“我发现自己有‘讨好型人格’，和同学们相处的时候我很少表达自己的想法，也很怕惹别人生气，久而久之，我的情绪就有些压抑，甚至害怕与别人来往。怎么办？”

与他人的交往中，一味地讨好别人而忽略自己，很容易给自身带来伤害。你可以从以下几点入手做出改变：首先，你要有自己的原则，建立起“边界意识”；其次，你要学会拒绝别人无理的要求，也试着接受拒绝别人后的内疚感，要知道，你和同学、朋友之间是平等的关系，拒绝别人能减轻你的负担；最后，你要增强自信，从心理学的角度来说，“讨好型人格”的根本是低自尊在作祟，而自信是我们不可或缺的精神支撑。改变“讨好型人格”，最重要的就是做回自己，发现自身的价值，爱别人前首先要学会爱自己。

你是谁，就会遇见谁；你怎么对待世界，就会被世界怎么对待。

假如我是大人

□[俄]维·德拉贡斯基　韦　苇/译

有一次，我在桌子旁发呆，不知脑海中怎么突然就冒出这么一个想法：要是这个世界上的一切都颠倒过来该多好啊！比如说，所有的事情都是孩子做主，大人要事事听从孩子的。总之吧，就是让孩子像大人那样，大人像孩子那样，这肯定会很有意思。

我想象着现在我该怎么教训妈妈、爸爸和外婆。

他们以前是怎么教训我的，我可都记着呢！

首先是妈妈。我想象着妈妈已经坐到了桌子前，我就这么教训她：“你怎么也学会赶时髦，吃饭时不吃面包了？你每天都出新花样！你照照镜子，看看你这副模样，简直就像个小活鬼！快吃！我跟你说话呢，你听见没有？”然后妈妈就低下头，开始吃饭了。我继续发号施令："快吃！别用手托着腮帮子！你又胡思乱想什么呢？思考国家大事哪？好好吃！别在椅子上晃来晃去的！"

这时，爸爸也下班回来了，还没等他把外衣脱下来呢，我就喊了起来："好啊！你终于回来了！每天都得等你！赶紧去洗手！好好洗，别舍不得用肥皂！手没洗干净不要用毛巾擦，每次你用完毛巾，毛巾都没法再用了！行了，给我看看你的指甲！天哪！这还是指甲吗？剪刀哪儿去了？"接着给爸爸剪指甲，"别动来动去的，我剪不着你的手！你哭什么哭，又不是女孩子……好了！赶快坐下吃饭！"

爸爸坐在桌子旁，悄悄地问候了妈妈一句："今天过得怎么样？"妈妈怯生生地回答："还好，谢谢！"

我立刻训斥他们："你们怎么那么多废话？吃饭时不许说话！都跟你们说过一百遍了！爸爸，把报纸放下！有你这么个爸爸简直就是对我的惩罚！"

爸爸妈妈坐在那儿，再也不敢出声了。

这时，外婆进来了。我眯起眼睛，拍了一下手，阴阳怪气地说："爸爸妈妈，快看看我的外婆吧，这是什么样子！敞着怀，帽子歪戴在后脑勺上！满脸通红，脖子上全是汗，简直太漂亮了！快说，你是不是又去玩曲棍球了？这根脏兮兮的棍子是干什么的？你把它拿回家干什么？什么？曲棍？赶紧给我扔出去！"

然后，我在屋子里转了一圈，又对他们三个人说："吃完饭后你们赶快去做作业，我去看电影！"

他们马上哼哼唧唧："我们要跟你一起去！我们也想看电影！"

我断然拒绝："不行！绝对不行！昨天领你们去参加了生日聚会，星期天带你们去看了杂技！你们还想每天都出去玩啊？好好在家待着！给你们点儿钱买支冰激凌就不错了！就这么定了！"

可外婆还在那儿央求："你就带我一个人去也行啊！反正允许一个小孩免费带一个大人！"

我一点儿没心软："这部电影70岁以上的成年人不宜观看。"

我从他们身边走了过去，故意用鞋跟把地板敲得咯噔响，好像根本就没看见他们的眼眶都湿了。我开始穿衣服，得意地在镜子前照来照去，不再理会他们的心情。最后，我打开门，琢磨着临出门前我还应该对他们说点什么……可还没等我想好呢，妈妈就进来了，就是我那个真正的、活生生的妈妈。妈妈一进门就喊："你怎么还坐在那儿发呆啊！快吃！你看看你这副模样，简直就像个小活鬼！"

情绪不稳定会伤害亲人。

坏脾气

□东风破

物理学上有个很有趣的现象，当电荷遇到与自己不相熟的异种电荷时，会难得地收敛起自己的“坏脾气”，忍耐着对方的百般靠近。然而，对于自己最亲近的同类，电荷往往会不遗余力地将对方推开，骨子里的“狠厉”完全不加掩饰，仿佛早已预料到对方不会还手一样。

换作我们人类也是如此。留心观察你会发现，当面对自己最亲近的人，譬如父母时，我们往往会处于松弛状态。恃宠而骄，甚至把最亲近的人当作自己的“情绪垃圾桶”，将糟糕的情绪肆无忌惮地倾泻给他们。

我做过最后悔的事，就是将满身的刺扎向妈妈。

记得那次考试失利，我将自己反锁在房间里，即便到了吃饭时间也不肯出门。妈妈跑来敲门，温和的呼唤声却换来了我不耐烦的吼叫。即便被我吼了，她也没有生气，仍然耐着性子唤我。她的呼唤声竟让我涌起一种诡异的满足感，仿佛只有这样，才能证明我没有那么差劲，证明我是被爱着的。得益于这点儿满足感，我决定暂时顺着她的意，开门出来吃饭。

妈妈端着刚出锅的辣椒炒肉从厨房出来，饭菜的香气在鼻尖蔓延，她脸上挂着的笑却深深刺痛了我。那一瞬间，我心里别扭极了：没看出来我很难过吗？我都这么难过了，她怎么还笑得出来？心中的怨气横冲直撞，似要将我整个人吞噬。无处发泄的我便没事找事儿，对着饭桌上的辣椒炒肉挑刺儿。

我挑起一块肉，却并不急着放进嘴里，反而左看右看，仿佛在观察昂贵的拍卖品有没有瑕疵。一番仔细观察过后，总算让我抓住了“小辫子”——一粒辣椒籽牢牢地粘在肉上。我装模作样地甩了一下，对于难缠的辣椒籽而言，如此微弱的力气无异于挠痒痒。大约是身体里潜在的表演人格在作祟，我“啪”一下放下筷子，抱怨声脱口而出：“你怎么没把辣椒籽去除干净啊？你不知道我牙齿不好，吃辣椒籽容易塞牙吗？”说着，我便躺到沙发上，与那盘菜拉开距离，大有僵持到底的意思。

妈妈见状，立刻把那粒辣椒籽挑掉，冲我赔着笑：“好了，妈妈把它挑走了，不碍事的，快吃饭吧。”但是这场由我单方面发起的“战争”已经开始，我是不可能随随便便就偃旗息鼓的，好像不闹出个什么名堂，就显得我很没面子。我把嘴噘得高高的，不依不饶道：“哪有，我都看到了，一盘子的辣椒籽，挑都挑不过来，我不吃了。”说罢，我作势要回房间。至于辣椒籽有没有多到那个程度，其实我并不知道。我之所以能这么脸不红心不跳地扯谎，是因为我清楚地知道，我是妈妈的软肋，并且不管不顾地利用了这一点，顶得她哑口无言。

妈妈手足无措地拉住我，苦口婆心地劝道：“不吃饭怎么能行。课业那么重，不吃饭身体会受不了的。”她的句句良言，却只换来了我毫不留情的拒绝。妈妈不自觉地拽着衣服，关切地看着我，欲言又止，仿佛一个无缘无故被批评的孩子。事实上，她的确没有做错什么，本该由我自己消化的怨气，此刻被我尽数塞给妈妈，这一切对她来说完全是飞来横祸。大概是情绪已经得到发泄，看着她可怜的面容，我的负罪感涌上心头。只要她再好声好气地劝我几句，我便会顺着她给的台阶下来。

事情却没有像我预料的那样发展。妈妈的眼睛亮了一下，像是突然想到了什么好主意。果然，她欣喜地说：“不喜欢吃我做的，那我出去给你买好不好？就去你最爱吃的那家店买。”说罢，她不等我的回应便拿起钥匙出了门。

这下，空旷的屋子里只剩下我一个人，负罪感后知后觉地将我包围。冷风透过窗子溜了进来，将我的心口吹得拔凉。桌子上的那盘辣椒炒肉已经慢慢变凉，可被我泼了冷水的又何止这一盘菜！我又想起妈妈出门前的无奈与无所适从，感觉心像被什么扎了一下。随着客厅钟表的“嗒嗒”声，我在心里骂了自己无数遍，觉得无颜面对妈妈。

一分一秒仿佛被无限拉长，焦急的等待过后，妈妈终于回来了。大冬天里这么平白无故地跑一遭，她的脸颊和耳朵被冻得通红。看到我，她像拿着战利品讨要夸赞的士兵一般，把饭盒放到我面前。我再也抑制不住，眼泪夺眶而出。我猛地起身抱住她，将头埋进她的颈窝，哽咽着连连道歉。妈妈慈爱地拍了拍我的背，开口道：“好孩子，别哭了，我知道你压力大。”她像宽阔的海，总能包容我的任性，即便我固执地往里面丢刀子，她也总能用温柔与慈爱将其融化。她从来不会喊疼，以至于我习惯性地把源源不断的戾气倾倒给她。我像个阴暗的小丑，在她慈爱的“照妖镜”下无地自容。我抹了抹泪水，在心里暗暗发誓：再也不把负面情绪发泄到亲近的人身上。

如果生活有点儿苦，
就给自己加颗糖。

你的笑容密码

□佚 名

笑是人类最常见的表情之一，遇到开心的事时，人们通常都会不自觉地露出笑容。可是你有没有想过，当你笑的时候，你身体里发生了什么？人们常说的“笑一笑，十年少”有没有科学道理呢？快来解锁你的笑容密码吧！

我们天生就会笑

人不需要学习就能发出笑声，刚出生的宝宝就会在睡梦里微笑。但悲伤、烦恼等负面情绪则是在成长中慢慢学习来的。

儿童比成年人更爱笑

据统计，儿童每天笑300次左右，成年人每天笑15～100次。女性通常比男性更爱笑。

哈哈哈的笑声是怎么发出来的

你大笑时，你的肋间肌会加快运动，让胸腔快速收缩和扩张。当胸腔收缩，肺部气流被挤出时，你的舌头和声带都处于放松状态，于是就自然而然地发出“哈哈哈”的声音。如果你在换气的间隙也止不住地笑，那笑声就有可能变成“鹅鹅鹅”，也就是人们常说的“笑出鹅叫声”。

笑是会传染的

人们身处人群中时，往往比独处时更容易笑。当听到或看到别人大笑时，我们往往也会跟着一起笑，这在心理学上被称为“情绪感染”。关系越亲密的人，越易被对方的笑容感染。另外，女性相比男性更易被别人的情绪感染。

你知道吗？当一群人大笑时，笑声往往会不约而同地停止。

为什么人在被挠痒痒时会笑

我们在被挠时会感到痒的部位大多是肋骨、胳肢窝、脖子等在搏斗时最薄弱的地方。当你的这些敏感部位被他人触碰时，神经系统会将其识别成一种“危险”，引起肋间肌快速反应，使你发出笑声，向对方发出友好的信号，从而激发对方的善意。这曾是远古人类的生存策略之一。

当你笑时，你的身体有这些变化

当你笑时，血清素分泌增多，血清素可以减少烦躁等负面情绪，使人感到快乐。

当你笑时，多块肌肉被激活，腹部、肩膀和膈肌等身体部位得到轻微的锻炼。

当你笑时，皮质醇等压力激素水平会明显降低，大大缓解生理紧张（即使假笑也能起到减压的效果）。

当你笑时，K淋巴细胞（免疫细胞的一种）活性提高，有助于增强免疫力。

当你笑时，内啡肽分泌增多，这是一种镇痛剂，能有效缓解身体上的疼痛。

当你笑时，流经全身的富含氧气的血流量增加，血液循环得到改善。

当你笑时，与大脑活性化相关的额叶血流量增加，注意力会更加集中。

一招区分真笑和假笑

假笑通常只动用面部肌肉去牵动嘴角，眼部没有明显变化；而真正的微笑会动用眼部肌肉，使眼睛稍稍闭合，并让眼角产生更明显的纹路。

真正的为你好，是每天都能让你更自信一点。

羞辱式激将法为何不会让人变好

□周　梵

一次，我去某节目做嘉宾。当讨论起“父母对孩子说的哪句话最伤人”的时候，主持人冷不丁地问我：“父母说过什么话，对你的伤害最大？”

我想了想，那是件很重要的事情。有一次，我坚持自己的想法，我妈气急之下说：“算了，我就当没养你这个女儿，以后老了也不指望你养！”我听了，心里瞬间充斥着生气、愧疚、伤感、委屈等复杂的情绪。

听众中，几乎有98%的人听父母说过类似的话。为什么父母喜欢对孩子说这句话？因为这句话表达了几层意思：因为你的问题，所以我老了决定要自己过——之所以我老了要“自己过”，是因为你靠不住（你靠不住=你不孝、没有担当、不负责任、自私……）——你是个连你父母都觉得靠不住的人，归根结底，你是个烂人。

看似是一句“自艾自怜”的话，但其传递的信息，每一层都是对对方强烈的指责和否定。所以，它才会引发听者强烈的负面感受。然而，说话人的“最终动机”并不是让对方难受，他们最大的诉求是：“我想激将你，我希望我们能相处得好一些，我很害怕孤单。”

归根结底，终极的渴望是“我想被爱”。但在中国，几乎不会有人这么表达。我们有个习惯：当一方期望另一方给予自己更多爱的时候，会从“道德谴责”的角度来责备对方，通过“让对方心生愧疚”获得想要的东西。可是这样做只会把别人推得更远。

“审判别人”的习惯，很多人都有。你常常会听到大街上有人对素不相识的人指指点点：“那孩子真没家教！”“哪有这样当父母的！”好像每个人都觉得自己掌握了一套世界真理，可以去评判别人。而最要命的是，这种审判不仅会碾压别人，还会碾压自己。

事实上，越热衷于让别人愧疚的人，也越习惯于让自己愧疚。“愧疚”除了会降低自己的能量，没有任何意义。

人们总以为，“让对方感觉到羞耻”可以使对方反省，进而让他变得更好，甚至美其名曰“激将法”。事实上，这完全不符合心理学的运作原理。自我改变是需要力量的，每一次改变都需要拿出力量破除旧有的习性。而罪恶感是扼杀这种力量感最快的东西。越去评判或者谴责他人，就越剥夺了对方改变的力量。

著名的管理大师彼得·德鲁克和没有达成公司目标的员工沟通时最常说的话是：“我不是来评判你的，我是来帮助你的。”因为他知道，当对方感受到被批判的时候，改变的力量就丧失了。

我希望每个人都能真正明白：当你想让一个人变得更好时，支持他、陪伴他，才是最强大的力量。最重要的是，这个人，也包括你自己。

情绪小纸条

每个人都有情绪雨

小熊遇到不顺心的事就会乱发脾气。小熊在游戏中输了，他感到非常失落和沮丧，内心的情绪如同即将来临的暴风雨。小熊失控地大喊大叫，摔玩具，他的朋友感到不安，不知道该如何安慰他。

熊妈妈看到小熊情绪失控，温柔地抱住他，告诉他每个人都有情绪雨，但我们可以学会控制它们。熊妈妈告诉他，当情绪快要失控时，深呼吸可以帮助他冷静下来，让他在情绪激动时，慢慢地从一数到十，给自己一点时间冷静。熊妈妈鼓励小熊在感到情绪波动时，来找她说说话，倾诉心中的烦恼和不安。

这一次，在跳房子游戏中，小熊再次遇到了挫折，他感到情绪在慢慢上升，小熊记起妈妈教的方法，开始深呼吸，然后慢慢数数，他感到情绪逐渐平复下来，没有失控。小熊成功控制了情绪，朋友们称赞他的冷静和友善。

这时，天边出现了一道美丽的彩虹。

我与情绪的拉锯战

其实有情绪不全是坏事，它也是一个认识自己的机会。

□[意大利]罗贝塔·古扎迪　李梦如/译

我仍记得，大约在我五岁的一天，我和十岁的哥哥一起玩耍，我们各自玩着属于自己的玩具。我们兄妹的感情状况很典型：充满了厌烦、争吵，夹杂着关爱，偶尔发生毫无来由的“暴力行为”。

我记得那一天也是“暴力的一天”。

我在客厅的沙发上玩洋娃娃，哥哥无聊地在旁边待着。他懒洋洋地走了过来，拿起了我的一个洋娃娃，胡乱摆弄着。我不记得他做了什么，但是我当时很生气。也许是我过激的反应刺激到了他，就像过去我们之间发生的“捍卫尊严之战”一样，他更起劲了，开始抓着洋娃娃的头发胡乱地甩动。

我想救回我的洋娃娃，但是他比我高很多，轻易就制服了我。更让我无法忍受的是，他竟然在笑，这真的让我很生气！那种情况下，也只有十岁的小男孩才能笑得出来。我当时既沮丧又生气，他的笑成了压倒骆驼的最后一根稻草，我气急败坏地在他的胳膊上狠狠地咬了一口。

他开始大声尖叫。

我也开始哭了起来，并被自己的行为震惊了：我是不是太过分了？

父母闻声而来。我以为他们会公平地处理我们的矛盾，但是他们没有。他们只是把哥哥抱到怀里，带他去洗手间，用凉水冷敷他受伤的胳膊。

我哭着跟在他们后面，试图找回属于我的正义。毕竟，我是正当防卫，是对漫长挑衅的回应。但是正义并没有到来。

他们批评我：“你怎么能伤害哥哥呢？”

我的情绪当即爆发了。

对于这种情况，我既内疚又不能理解。在我看来，咬伤哥哥并不是我的错，那是他自找的！我正好好地自己玩着呢，他非要凑到我身边来，而且明明是他先“欺负”可怜的娃娃，还把其中一个娃娃“伤”得很重，这才惹恼了我，我必须反击。最重要的是，他故意利用我的娃娃对付我，就是为了让我生气！

我的情绪崩溃了，因为理解不了父母的偏袒，所以就在他们忙着安慰正在哭的哥哥时，我离家出走了。

不过，离家出走对于只有五岁的我来说，仅仅意味着沿着我们房子门前的小路在房屋周围转一圈，然后走到停车场。父母吓坏了，过了好一会儿，父亲和哥哥才找到我。最后，因为离家出走，我又被严厉地责骂了一顿。

那简直是灾难性的一天，直到现在我回忆起来也感觉那像是一个悲剧。这是我人生中第一次情绪失控，接二连三地犯错，以至于最后挨了这辈子父亲唯一的耳光。这就是我一直以来对自我情绪的感知：活跃在我心中像岩浆一样炙热、翻腾的物体，它有自己的意识，不由我控制。某个时刻它会突然爆发，让我的内心世界破裂。

长期以来，一个问题困扰着我：情绪到底是什么？

并由此衍生出更多的问题：人为什么要有各种情绪？情绪存在于内心何处？我为什么会感受到这些情绪？我应该怎么面对这些情绪？我要怎么办？

学习心理学有助于我找到问题的答案。另外，我也从其他的角度进行了探索，尝试借助不同学科的知识解读情绪，学习如何利用情绪。

情绪可以成为我们内心的导航：当我们走错路时，当我们在人生的高速路上遇到事故而减速时，当我们自身、我们的目标、我们的规划发生巨变时，各种情绪会向我们发出提示。

情绪会提示我们当前是出错了还是一切顺利，告诉我们自己到底喜欢不喜欢外界和内心发生的各种事。

然而，即使有导航，人生的地图也是不断变化的。情绪导航是需要不断更新的，也就是说，我们需要维护和管理它。

从某个时刻起，小怪物给我提供了巨大的帮助。当情绪向我发出提示时，当我被复杂的情绪压倒时，我在内心与小怪物的对话，让我明白我当下所体验的情绪是什么，它为什么会产生以及其中潜藏的信息是什么。

痛楚可以选择，而磨难不可避免。

痛苦和盐

□田　语/编译

有一个师傅，对于徒弟不停地抱怨这抱怨那感到非常厌烦，于是一天早上他派徒弟去取一些盐回来。

徒弟很不情愿地把盐取回来后，师傅让徒弟把盐倒进水杯里喝下去，然后问他味道如何。

徒弟吐了出来，说："很咸。"

师傅笑着让徒弟带着一些盐和自己一起去湖边，他们一路上没有说话。

来到湖边后，师傅让徒弟把盐撒进湖水里，然后对徒弟说："现在你喝点湖水。"

徒弟喝了口湖水。师傅问："有什么味道？"

徒弟回答："很清凉。"

师傅问："尝到咸味了吗？"

徒弟说："没有。"

师傅坐在这个总爱怨天尤人的徒弟身边，握着他的手说：

"人生的苦痛如同这些盐，有一定数量，既不会多也不会少。我们承受痛苦的容积大小决定痛苦的程度。所以当你感到痛苦的时候，就把你承受痛苦的容积放大些，把一杯水变成一个湖。"

你可以脾气好，但不能没脾气。

让你的生气发挥作用

□张君燕

谢榛是明代的文学家。30岁的时候，谢榛得到赵康王的赏识，遂成为赵康王的门客。有一次，在众文人喝酒唱和之时，一个名叫梁安的门客默默起身离开，直至吃午饭都没有出现。谢榛与梁安平素关系很好，留意到了梁安的举动，便前去问询。

只见梁安卧于床榻之上，双目微闭、面带愠色，似有不快。谢榛问梁安为何匆忙离席，而且连午饭都不吃。梁安闷声回答：“他们总喜欢拿我逗趣，而且越来越放肆，这是不合乎礼仪的事情。我觉得受到了侵犯，很生气。”“你打算怎么做？”谢榛问。梁安说：“因为生气，我就离席了呀。”谢榛摇摇头，接着说：“你因为生气而离席，然后躲在房间里生闷气，这有什么作用？”

生气还需要有什么作用吗？梁安被问得一愣，不知道谢榛是什么意思。谢榛慢慢说道：“我们生气是为了表达自己的不满。可是如果你只是躲在房间里生闷气，你的不满其实并没有表达出来，甚至没有人察觉到你离开了。虽然你因此而气愤，但情况并不会得到改变，人们下次可能还会拿你逗趣。这样一来，你的生气毫无作用，而且损失了一上午的好心情，还要白白饿肚子。”

听了谢榛的话，梁安频频点头。接下来，他来到宴会厅，告诉众人他很不喜欢大家拿他逗乐，请大家不要再这样做了。众人听了梁安的“抗议”，才意识到自己的失礼，当即向梁安表达了歉意。

在人际交往中，我们时不时会与他人产生摩擦，生气在所难免。但是，你要让你的生气发挥作用。所以，当你感到生气时，你应该让大家知道你在生气，然后让他们停止做让你生气的事情，而不是空生闷气。这样才有利于矛盾的解决，也能更好地维护友谊。

情绪收藏家

他可以是木讷的树，也可以是自由的风。

□木果菜

1

坐在灰湖边长椅上的，是一位名叫贝海赫的男人。

公司面临破产，离异，痛失长辈，孩子生病……一连串的事情被压缩成一个紧紧的噩梦，坠入贝海赫上周的生命里。此时，他的心就同这灰湖的景色一样，灰暗而又苍白。

就在贝海赫望着灰湖、眼里渐渐流失了光的时候，另一双眼睛却亮了。那双眼睛的主人慢慢地靠近他，然后就出现了这个声音——“请问，你现在很悲伤，很难过吧？”

贝海赫的眼睛和那双眼睛遇上了。那是一双老人的眼睛，眼神深邃而有力，把贝海赫眼眶里打转的东西推回去了。

“请问，可以把你的悲伤卖给我吗？”老人问。

“悲伤这种东西还能卖？”他轻轻摇了两下头，对着灰湖笑了起来。

“是的，如果可以的话……”老人掏出一个类似电子体温计的东西，淡橙色的，中间有一条细细的灰色条纹。“在你感到最悲伤的时候，把方的一头放在动脉上，手按一下中间的按钮，悲伤就能被提取了。”老人把情绪提取仪靠近贝海赫的手腕处，示范了一下，然后收回手来。

贝海赫答应了这个听起来有点儿荒谬的请求。

2

“这是向你购买悲伤的钱，你看行吗？”

“你还真的要买这东西？”贝海赫看了一眼布袋说，“那也不需要这么多钱啊……再说了，您不需要确认一下？”

“我相信你，小伙子。我们一起来看它会发出什么样的光吧。”老人说着，把贝海赫带来的情绪提取仪插入了一个白色的测试器里，不一会儿，从测试器的缝隙里，透射出了彩色的光！

“你看，这是悲伤的宝物啊！”

3

贝海赫同老人坐在樱花树下的白色凳子上。树下还有个白木箱，老人打开木箱，里头是一支支相同的情绪提取仪。

“我在做收藏家的工作，这些都是我收藏的情绪，各种各样，有的快乐至极，有的悲伤至极。都是能让那个机器发出彩色光的情绪，这就意味着它们都是非常难得的。”

“为什么连悲伤也要收藏呢？这有什么用？”

“坠入谷底的悲伤，也是一种礼物啊。以前遇到过几位从事艺术创作的人，为了感受这种极端的悲伤就来找我。可能某个美丽的作品，就是在极其悲伤的时候被创作出来的。任何事、任何感受都可能成为一种礼物……”老人说这些话的时候，一直微笑着。

“礼物”这个词语，怎么能同如此大的悲伤联系在一起呢？贝海赫想。

“这样说的话，深爱的人离世也能是礼物？”贝海赫问。老人的笑容变浅了，可一会儿，仿佛又回到了刚才那般深。

“小伙子，你看，樱花落了。”樱花花瓣飘落的时候太美了，时间趁人着迷时，就偷偷跑得飞快。

贝海赫离开小木屋前，老人给了他一个灰色的手环，手环上，刻有小木屋的外形和几朵樱花的花瓣。

从那以后，贝海赫再也没经历过那样深刻的悲伤。也不知道是不是心理作用，自从戴上老人给他的手环，感觉开心的事情多了起来，运气也跟着变好了。

“爸爸，世界上居然还有人把难过的事当礼物呀？”有一次，孩子这样问起贝海赫。

贝海赫一下子不知道怎么回答，他望向窗外。太阳正收起它最后的一束光，黑夜将自己铺开，被冰冷的月光冻出一块雪白。无力的夜色下，衬出了楼宇上一扇扇透着暖色光的窗。贝海赫站在窗前微微笑了笑，看起来好似小木屋老人对他的微笑。

与其羡慕别人，不如挖掘优势，发挥特长。

好烦！同学“过分”关注我的学习成绩

□水　令

在你学习的时候，总是有人走到你身边，然后阴阳怪气地说“还学习呢，这么卷”，要么就是声音特别大地说“别学了，下课了该休息休息了”。每次被同学过分关注自己的学习情况，我就觉得很不舒服，我应该怎么办？

你也有过度关注自己成绩的同学吗？为什么同学过分关注自己的学习情况会让自己不舒服？遇到阴阳怪气地“关心”你学习情况的同学该怎么办？

1.为什么不希望被别人看到自己在学习

归根到底，被人看到自己在努力学习会不舒服，是因为他人的高期待给自己带来了不必要的压力，从而产生了负面影响。

适度的压力对个人发挥是有好处的，而过度的压力反而会影响一个人的发挥。

心理学家耶克斯与多德森通过实验发现，压力与业绩之间存在着一种倒U形关系，过大过小的紧张焦虑情绪都会影响最佳状态的发挥。设定目标时不能太好高骛远，跳一跳能够到的目标也许能给自己带来更大的动力。

只是，我们自己能把目标降低，却控制不了别人对我们期望太高。如果那人还将他对你的期望挂在嘴边，搞得人尽皆知，一旦没能实现，在个人“自我实现”“自尊”等方面可能导致更大的负面影响。

2.如何反击

身边总有一个一直关注你学习并且阴阳怪气的同学，如果不是心态特别好，的确容易有不适情绪。

你可以简单回应：谢谢。你可以认真解释：是的，我在学习啊，这几道题一直不会做。你可以用沉默表示不屑，甚至可以愤怒回怼：你没事那么关注我干什么？成天光盯着别人学习有意思吗？

但毕竟是同学，愤怒回怼容易伤了和气，以后不好相处。而且容易将小事放大，显得自己特严肃，开不起玩笑。什么样的方式既能堵住别人的口，也不会把气氛搞得太尴尬？大家可以试试以下三种方法。

01夸张归谬

脱口秀演员有一种创作段子的方式：夸张归谬。

当你把一件事夸张到一定程度的时候，大家就会发现其实那是非常荒谬的。所以面对一些不想正面回答的问题，可以尝试以下两步：第一步，承认；第二步，夸张。

同学A：哎呀！你体育课还学习呀，你好努力啊。

你：是啊（承认），我每天从0点学习到24点一周学七天呢（夸张）。

别看第一句是在顺着同学的意思说，当同学意识到你第二句的夸张成分后，第一句的“承认”其实已经没了分量。而那句明显的夸张也隐隐约约透露着话中的锋芒，同学会发现你第二句是略带愤怒情绪的。

02转移矛盾

转移矛盾，从制造笑点的方式上说，是制造逻辑的神转折。

不按常理出牌，找到他人语句中容易被忽视的小细节，既能达到幽默的效果，还能不留痕迹地转移话题。

同学B：哎呀你昨天晚上又学到凌晨1点了，真的好努力啊。

你：哦哦因为我家不用交电费，开灯到1点也不心疼。

不正面回答对方，找对方疑问中不会被注意到的一些次要信息，既回答了问题，又保证了自己“绝不被对方的逻辑牵着走”。

03学会自嘲

巧妙自我贬低，可以用自嘲的方式，既降低了他人对自己的期待，又能通过跳出寻常对话逻辑，逗笑对方，消解原本可能的“嫉妒情绪”以及“同辈比较压力”。

同学C：“好好学，咱们班考北京大学就靠你了。”

你：“把话说全啊，考北京的大学，别漏字。”

爱是一种积极的情绪体验。

你是牧羊犬，你知道吗

□卢十四

奥斯陆第一次被寄养到我家的时候，还是只未满一岁的小狗。虽然年纪小，但已经被主人老王训练得很好，几乎从不乱叫。

“如果它乱叫，就马上喝止它，”老王说，“它要是乖乖地听话，就摸摸它，夸夸它。令行禁止，赏罚分明，让它知道什么是对，什么是错。”

老王交代完就离开北京，出长差去了。我按老王说的那样严格管教奥斯陆，奥斯陆也果然是只好狗，就算偶尔叫出声来，只要我一声呵斥就马上停止。但只有在一种情况下，它会狂吠不已，完全不听管教——就是我出门上班的时候。它知道自己将被独自关在家里，要再过十几个小时才能见到人。它心急如焚，连声狂吠哀求。我只能隔着门对它喊：“奥斯陆！别叫！”它叫得越发凄惨了。我狠狠心转身就走，走出单元楼还能听到叫声。我从不知道，在我走后它还会继续叫多久。

后来奥斯陆长大了，更加训练有素，再到我家暂住时已经彻底不叫了。即便我早上上班出门，它也只是趴在地上看着我，眼神漠然。我不知道奥斯陆是怎么改变的，是自己长大成熟了，还是被老王强行驯服了？我也不知道奥斯陆如何看待自己的处境，是坦然接受了，还是麻木绝望了？

有件事我不敢告诉奥斯陆，当然奥斯陆也永远不会知道：其实它是一只边境牧羊犬。边境牧羊犬原本生活在广袤的牧场，它的天性决定了它就应该每天有十几公里的运动量。如今奥斯陆被关在几十平方米的房间里，十几个小时动弹不得，当然会觉得难受憋屈。它挣扎、狂吠、不听话、扰民，是它的错吗？

以前上班出门时，看到奥斯陆狂吠不止，我心里难过。如今我上班出门时，奥斯陆趴在地上一声不吭，我却没有舒服起来，反而好像更难过了。下班回家后，我会带奥斯陆出去遛。到河边空旷处，我松开狗绳，它就飞奔出去满地撒欢。这是它一天中最开心的时刻，也是唯一有意义的时刻。为了让它多开心一会儿，我尽量延长遛狗时间——但也到不了一个小时，总共也就遛个两三公里。

“边境牧羊犬天生就会牧羊”，所有关于边牧的介绍里都这么说。但从未见过羊的奥斯陆，又怎么知道自己的天赋呢？一个周末的下午，我又带奥斯陆去河边遛。奥斯陆在我前面十几米的地方溜达，突然兴奋起来，蹿到一片树后面，汪汪叫个不停。

我赶紧追过去一看：天哪，居然有几只羊在这里吃草！北京市区内居然有人放羊！奥斯陆疯了一样围着那几只羊团团转，试图靠近、驱赶。羊们也十分紧张，咩咩叫着躲闪。羊的主人是一位老大爷，面对这只突如其来的狗也有点儿不知所措。我心里扑扑跳，赶紧过去死命抱住奥斯陆，装上狗绳。我一边往回拉它，一边对老大爷说：“对不起！对不起！”

老大爷笑呵呵地说：“没事没事。”——对他而言这只是放羊途中的一段小插曲。他不知道这一幕的意义：一只牧羊犬，一生中第一次见到了羊。

我蹲下来抱住奥斯陆的头：“你明白了吗？！你明白了吗？！”奥斯陆吐着舌头，喘着粗气，尾巴狂摇不止。

情绪小纸条

两只狼

一位年迈的老人教导孙子们人生的真谛。他说，每个人的身体里都有两只狼，它们残酷地互相搏杀。

一只狼代表愤怒、怨恨、嫉妒、懦弱、害怕、自卑、暴躁与耻辱，是为邪狼，也可称为恶狼。

另一只狼代表爱、温柔、善良、感恩、希望、勇气与信念，是为正狼，也可称为善狼。

听完他的话，孩子们都若有所思。过了一会儿，其中一个孩子问：“那么，哪一只狼能获胜呢？”饱经世事的老人回答道：“你喂给它食物的那只。”

在你心中，有没有这样两只狼呢？最终，又是哪只狼获胜呢？

不是所有的人都聪明，不是吗？

当你身边有一个笨朋友

□蔡志忠

羊和猪是好朋友，他们一起到森林里散步。羊一不小心掉进陷阱，它在陷阱里高喊：“赶快去拿一捆绳子来。”

猪赶快拿了一捆绳子跑到陷阱边，问羊：“现在该怎么做？”

羊说：“把绳子抛下来吧。”猪便把整捆绳子丢进陷阱。

羊说：“你怎么这么笨，这样我怎能爬出去？”

猪说：“我应该怎么做才对？”

羊说：“你应该抓住绳子的另一头啊！”

猪二话不说，马上跳进陷阱，抓住绳子的另一头。羊说：“现在我们俩都死定了，你真的很笨，不过一生中能交到你这样的朋友，我死而无憾了。”

不只是坏朋友会害死我们，笨朋友也可能让我们陷入绝境。但不是所有人都那么聪明，那些笨朋友值得我们珍视一生。

拥有这四样东西，才是一个人真正的底气：持续学习的能力、迅速行动的习惯、张弛有度的智慧、重新出发的勇气。

白马转型

□睿　雪

白马没受伤前，是草原上跑得最快的骏马。受伤后，它再也没夺得过一次赛马大会的冠军，更不用说去体会闪电般奔跑的快感了。

虽然看过最好的医生，用过最好的药材，做过最好的康复治疗，伤愈后，还比别的马花更多时间练习奔跑，但它仍然无法恢复从前的速度。白马变得消沉，许多次比赛都放弃了，它渐渐淡出人们的视线。

一年后，白马再次亮相，竟然获得草原上最能负重之马的荣誉，着实让人大吃一惊。大家惊诧于白马的转型，惊诧于以前的快乐与自信又回到了它身上。

“丧失速度快的特点后，我发现了自己能负重的特长。经过一年时间的不懈努力，我把我的这个特点发挥到了极致。”白马说。

趣味 小测试 仅供娱乐

每个人的“动物人格”都是独一无二的。让我们珍惜并发挥自己的优势，学会欣赏和尊重他人的不同，找到专属于自己的“小动物”！

如果用一种动物来形容自己，你会选择哪一种

快乐小狗 冒险家

“小狗”是人间冒险家。想象一下，一只毛茸茸的小狗在阳光下欢快地奔跑，它的笑容仿佛能驱散所有的阴霾，这就是“快乐小狗型”人格的真实写照。这类人喜欢和新的人产生连接，喜欢热闹，总是以一颗乐观向上的心面对生活。因为，在“快乐小狗”眼里，一切皆有可能！他们拥有化腐朽为神奇的力量，也拥有凭一己之力拯救全局的实力。无论是学习新知识、尝试新事物，还是参与各种活动，都能全情投入，展现出惊人的能量和热情。

社恐水獭 “I”人代表

有着可爱长相的小水獭，是动物园里常见的“I”人朋友，它们敏感且害羞，是“乖宝宝”的重要代表！在生活中，“社恐水獭型”人总是对朋友很友善，礼貌而守规矩，习惯“抱住自己的尾巴”或是“用手捂住脸颊”，在人群中略显羞涩。但是，这并不意味着他们缺乏热情或好奇心。他们在课堂上不常主动发言，却充满了对知识的渴望和好奇。他们喜欢静静地观察周围的世界，从中汲取养分，以内敛的学习方式深入思考问题，形成自己独特的见解。

神秘猫头鹰 独立思考者

正如猫头鹰在夜空中寻找未知的世界，“思考者猫头鹰型”的人们，也充满对未知的好奇与渴望。他们喜欢沉浸在自己的世界里，常常对问题有着独到的见解，提出让人眼前一亮的观点。在学习上擅长深入思考，喜欢探索知识的本质，而这种特质让他们在解决复杂问题时游刃有余，总能在学业上达到新的高度！

坚韧乌龟 稳扎稳打

生活中稳重又坚韧的“小乌龟”，虽然行动缓慢，但那份坚持不懈的精神让人敬佩。他们不为外界的喧嚣所动，只专注于自己前方的目标，即便路途遥远且充满挑战，也从未放弃，一步一个脚印地向前迈进。这类人性格沉稳，做事从不急躁，拥有惊人的耐心和毅力。在面对困难和挑战时，他们从不轻言放弃，而是选择默默努力，直到实现。他们总是持续不断地投入时间和精力去学习、去探索，特别偏爱对学习过程中遇到的“难题”进行深入思考，从中发现新的规律和联系。即便是“小乌龟”，也在一步一步向上慢慢爬。

淡定水豚 精神状态稳定

“卡皮巴拉”的互联网形象是：冷静，对任何事都处变不惊，永远情绪稳定的样子。这种“松弛感”是大家在快节奏学习生活中总想追寻的一种稳定的精神状态。

如果你符合以下情况：①温和，不爱计较；②对很多事件都“佛系”；③有点黏人；④时常发呆；⑤十分懒惰；⑥能吃能睡。那么恭喜你，你是稀有的“卡皮巴拉”人格拥有者。懂事时理解水豚，成熟时追随水豚，幻想中成为水豚！对于这种类型的人们来说，他们所能承受情绪的“上限”很高，所能感知情绪的“下限”很低，总能遇事不慌，缓缓地说出一句：“没事，问题不大。”

果敢猎豹 自信勇敢

猎豹可是草原上的速度之王，它象征着速度与激情，一旦锁定目标，就会全力以赴。“果敢的猎豹型”不仅拥有惊人的学习效率，能够迅速捕捉并吸收新知识，更能展现出果断与自信的性格特点。在课堂上，他们总是能迅速捕捉老师说到的每一个重点，把笔记记录得又快又准；而在课外时间，他们也会像猎豹捕猎一样，精准定位学习任务并高效完成，总是勇往直前，用实际行动证明自己的实力，成为众人瞩目的焦点。但记得，偶尔也要放慢脚步，享受学习路上的风景，让心灵得到休息哦！

第二章

我是情绪的小主人

在稳定的情绪中
遇见更好的自己

你有让自己快乐起来的能力吗？

输了容易发脾气，该怎么办？

如何在压力下保持坚韧与乐观？

如何化解内心的愧疚感、走出情绪内耗？

怎样与情绪握手言和、成为更好的自己？

画重点

积极管理情绪

成长不内耗

管好自己我能行

有一颗大心，才盛得下喜怒，输得出力量。

自卑的背面

□陶瓷兔子

如果有人向你诉说自己的自卑，你会怎么安慰他？

大概逃不出“你真的已经很棒了”“别跟别人比，自己有进步了就行”“还有很多人都不如你呢”这样的回应吧。毕竟就本能来看，一个人自卑说明他不够自信，只要多鼓励，给予他积极的反馈，自信总能慢慢培养起来。

但心理学的观点恰好相反——一个人有多自卑就说明他有多自恋，他需要的不是盲目的鼓励和赞美，而是客观的自我认知。

总觉得自己很差劲很失败、干什么都不如别人的人，其实是先在内心给自己定了一个超高的标准，并认为自己“理应”够得上这个标准——应该比舍友A漂亮，比同事B聪明，比邻居C买的房子更大，自家的小孩应该毫不费力地“秒杀”所有人。

这种“我特别棒”的预设才是自卑的根源所在，它让人无法接受任何一点点挫败。对于自恋程度低一点的人来讲，挫败不过意味着这件事做得不好而已，但对于自恋程度很高的人来讲，一件事做得不够好，就等同于自己这个人也不够好，因此特别容易因为不如人而生出羞赧之心。

挺有趣的吧，人总说要爱自己，但太过爱自己也就是不爱自己，关键是要掌握一个合理的尺度。

即使很努力，也不一定会赢，但依然对自己有信心，这才是正确的心态。

凭什么第一名是你的

□刘世河

11岁那年夏天，我的期中考试成绩很不理想，居然排在了班级里的第四名！要知道在这之前，不管是大考还是小考，我的名次可都一直是稳居全班第一的。从老师宣布成绩的那一刻起，我的心情便一下子跌到了谷底，气愤、郁闷、嫉妒一股脑儿地涌上心头，但更多的还是不甘。

放学回家后，我便径直躲进了里屋，关上门，忍不住趴在炕上抽泣起来。

母亲当时正在院子里洗衣服，见我苦着一张脸，起初还以为是我在学校跟同学打架了，便赶紧起身，湿着双手追着问我："跟谁干仗啦？因为啥呀？"

当问清楚事情的来龙去脉后，母亲并没有安慰我，她先是看着我愣了一小会儿，接着便用很严肃的语气对我说："凭什么第一名就非得是你？"说完这句话，母亲撩起系在腰上的花围裙擦了擦手，转身就回到院子里继续干活去了。

痛失"第一"，又遭到母亲的质问，我越想越气，禁不住在心里暗暗埋怨母亲：自己儿子的第一名都被人家夺去了，你不但不安慰我，反倒替别人说话！直到要吃晚饭了，母亲喊了我足足三遍，我才慢悠悠地从炕上爬起来。

饭桌上，见我余气未消，母亲问我：“这会儿你是不是特别恨这次得第一名的那个同学？”

我一看母亲终于向着我说话了，赶紧答道：“是的，但我更恨自己不争气。”

“你看人家刚得了一次第一就招你恨了，那这几年你一直得第一，岂不被全班同学恨死了！孩子，凡事都要换位想想，谁得第一都不能恨，要祝福人家才行。”

“第一本来就是我的！干吗祝福他？”我不服气地嘟囔着。

“凭什么呀？又是谁规定的呢？这第一名你们班里所有的同学都有可能并且有权利获得，怎么会本来就是你的呢？”母亲分明是有些生气了。

“我一直都是啊！”我依然不服。

“一直都是，那也不代表永远都是呀！”母亲一边给我夹菜，一边接着说，“孩子，争取考第一固然没错，但不能为这个‘第一’所累，就因为得过几次第一便认定第一名就独属于你了，这未免也太霸道了吧。不管做什么事，有一颗平常心很重要，赢得起，也要输得起。何况没得第一也并不是输啊，你只要平时刻苦学了，考试时认真答卷就行了，得不得第一其实没那么重要。”

母亲的一席话说得我脸上烫烫的，也让我渐渐明白了一个道理：人生境遇种种，起起伏伏，没有永远的第一，凡事只要用心去做，努力了，得不得第一，真的没那么重要。

心情就像春天的花，不知不觉就开得灿烂。

你的快乐，不该被叹气偷走

□陆晓彤

不自觉地，璐璐又叹了一口气。这天，她已经叹了很多次气了。

唉，不知道当初为什么要答应心瑶。璐璐记得，那天早自习前，心瑶凑到她身边，跟她聊天。大概两个人离得比较近，心瑶居然准确地闻出了璐璐早上吃的是黑米糕。

住校生心瑶实在是吃够了学校食堂提供的早餐，于是提出请求："明天帮我带一块黑米糕吧，就一块。"璐璐犹豫了一会儿，说："那好吧。"为什么就答应了呢？明明走读生不能帮住校生带早餐，明明自己每天都很赶，怎么就对好朋友动了恻隐之心呢？

几天之后，在去老师办公室的路上，璐璐捧着一堆作业本又开始叹气。怎么会这样呢？胃被唤醒了的心瑶，除了黑米糕，又开始期待别的早餐。一块包装好的黑米糕放进书包里，其实是不大可能被人发现的。但是，如果装的是小笼包之类的食物，每一丝香味都有可能顺着书包的缝隙飘出来……真糟糕！

因为各式各样的早餐牵线搭桥，璐璐觉得和心瑶之间的关系更近了一些。也可以说，她们已经慢慢变成了一根绳上的蚂蚱了。不过，带早餐这事两个人不声张，也算是安全的。唉，璐璐又不自觉地叹了一口气。

璐璐凑近最上面的作业本闻了闻，还好，闻不出烧饼的味道。这天，她帮心瑶带的是烧饼。那些书大概也没有想到，从树变成书后，还会和一个热乎乎、香喷喷的梅干菜烧饼在书包里相处一段时间。璐璐每天打开书包，总觉得里面隐隐飘出来的味道是不一样的——这取决于心瑶当天早上吃的什么。

然而，事情还没完。那天在心瑶寝室，她又叹气了，口中还夹杂着苹果的香气。该怎么办呢？心瑶的室友陶陶是隔壁班的，等璐璐把苹果吃了四分之三的时候，陶陶开始恳求：“明天你能帮我也带一下早餐吗？”璐璐拿着陶陶给的“鸿门苹果”，在陶陶和心瑶期待的眼神中，“咔嚓”一声咬了最后一口，居然又答应了。

那些不自觉的叹气声，变得更频繁了。每天要带两个人的早餐，她们的口味还不一样，书包里的味道就更混搭、更难以描述了。因为有时要赶两个早点摊，璐璐不得不提前几分钟出门。万一迟到了呢？交接早餐的时间肯定是要留足的，可不能让好朋友饿肚子，也不能让好朋友的好朋友饿肚子。

帮两个朋友带早餐的这一个多月，璐璐的叹气声与日俱增。从这些叹气中能体会到璐璐五味杂陈的感受。好在，心瑶和陶陶吃得好了，心情便好了。但是，璐璐还是很烦恼，不知道如何是好。

心瑶的好朋友不止陶陶一个，倘若她别的好朋友也吃厌了学校的早餐，会不会也请璐璐帮忙带呢？到时该怎么说才好？是答应，还是不答应？问题一个跟着一个来到璐璐的脑子里，搅得她难以入睡。那些问题比难解的数学题更让人头痛。

唉……那天，她进校门口的时候又不自觉地长叹了一口气。前一天做作业到很晚，上床后又胡思乱想了一阵，所以整个人看上去蔫蔫的。很不巧，在校门口值日的是班主任。心不在焉的璐璐没有看见他。班主任走过来，想关心一下璐璐，让她别有太大压力……

那天藏在书包里的早餐味道实在太重了，香味飘了出来，准确地钻进了班主任的鼻腔。然后，两盒打包好的早餐被摆在了办公桌上。她被留下来写检讨。真想不明白，她们俩为什么都想吃酸辣粉？唉！璐璐又叹了一口气。

不过，正拿着笔写检讨的她，写着写着，居然觉得轻松起来。这下好了，应该不用再叹气了。是啊，再也不用叹气了。经此一事，她大概还是那个热心肠的璐璐，但一定是不刻意讨好又懂得拒绝的聪明的璐璐了。

痛苦和磨难是人生的一部分。

你不能要求没有风暴的海洋

□毕淑敏

有一次，我要去一座被沙漠环绕的城市，临行之前和当地的朋友联络，她不停地说：“毕老师，你可要做好准备啊，我们这里经常是黄沙蔽日。虽然这几天天气很不错，但不知道它能不能坚持到你来的那一天。”

我有点儿纳闷，虽然人们常常说“您的到来带来了好天气”，或者说“天气也在欢迎您呢”，但谁都知道，这是典型的客套。个体的人是多么渺小啊，我们哪里能影响到天气！

不过这位朋友反复提到天气，还是让我产生了好奇。我说：“不管好天气还是坏天气，我们都不能挑选，天气是你们那里的一部分，即便黄沙蔽日，也是你们的特色啊。”

说者无意，听者有心。后来，这位朋友对我说，她听了我的话，就放下心来。我很奇怪，因为自觉这番话里，并没有多少劝人安心的含义啊。她说：“我们这里天气多变，经常有朋友一下飞机就抱怨，闹得主客都很尴尬。”

我说：“坏天气也是大自然的一部分，就像每个人的生命中都必定下雨。某些日子势必黑暗又荒凉，就像你不可能总是吃细粮，那样你就会得大肠癌。你一定要吃粗纤维。坏天气、悲剧、死亡、生病，都是生命中的粗纤维，我们只有安然接纳。”

你不可能要求没有风暴的海洋。那不是海，而是泥潭。

你的努力会得到回报，保持信心！

克服考试紧张的9种方法

□晓　晓

深呼吸法：考前找一个比较安静的地方，双腿站立，眼微闭，全身放松，深呼吸，同时默念“1、2、3”，心想：放松、放松、放松。这样可以使身体血液循环减慢，心神安定下来，全身有一种轻松感。

扮怪脸法：找一稍偏僻的地方扮怪脸，歪嘴扭唇、抬鼻斜眼，放松面部肌肉。如能面对小镜子看到自己的古怪神态，一定会忍俊不禁地发出笑声，一切牵肠挂肚的念头都会消失得无影无踪。

精神胜利法：心里想，我一定能成功，一定能发挥超常，考出好成绩。我考不好，别人也不怎么样。降低压力，保持平常心。

临场活动法：由于正常的紧张情绪会使体内产生大量的热量，所以在考试前可以稍稍活动身体，使热量散发。可走动、小跑、摇摆、蹬腿；可以双手握紧再放开，让全身肌肉缩紧再放松。

闭目养神法：闭目，舌抵上腭，经鼻吸气，安定神情。可以设想一个人走在幽静的森林里，恬然自得。

凝视法：确定一个距离较远的明朗的物体，凝神并细心地去分析、琢磨其颜色与远近。

自我暗示法：“我已做好充分准备，不会考砸的”“紧张是胆小鬼的行为”。

类比法：告诉自己，“我考试紧张，任何人考试都紧张，因此不妨泰然处之”。

联想法：紧张时，想自己曾经做过的成功的事，回想成功时的心理体验，这样会感到非常满足，从而消除紧张心理。

能控制好自己的情绪，就说明自己成长了。

寻找我的小狗

□刘　河

这是八月里一个美好的下午，小狗丸子在院子里欢快地蹭来蹭去。

突然，小尊气呼呼地嚷道："坏丸子！"

原来，这盆波斯菊的种子是小尊的好朋友惠美搬家之前送给他的，小尊亲手把种子种在花盆里，一天天照看它长大。

妈妈见他一个人坐着，惊讶地问："小尊，丸子怎么不见了？它跑到哪儿去啦？"

小尊没有作声。

远处，乌云在翻滚，小尊开始担心起来，丸子还没回来，它到底去哪里了呢？

"妈妈，我要去找丸子。"小尊说。

"这可不行，台风就要来了，别担心，丸子一会儿就回来啦！"妈妈说。

可小尊还是偷偷地溜到了街上，外面的空气湿漉漉的。

"孩子，你好，今天可真热呀！"水果店的叔叔见到小尊，热切地和他打招呼。

"先生，我的狗不见了……"小尊着急地说。

"不用担心，雨一下，它就会跑回家的！"叔叔说。

小尊又来到幼儿园门口，他和那儿的孩子很熟。

"你们看见丸子了吗？"他问。

"它朝公园那边去了。"孩子们说。

小尊说声"谢谢"，掉头就向公园跑去。

"不在这儿，也不在那儿……"公园的每一个角落都找遍了，他以前常常带丸子来这儿散步。

突然，刮起了一阵阵热风，眼看就要下雨了。

雨开始一滴一滴地落下，转瞬间就成了倾盆大雨，小尊走在大街上，雨水扑面而来。

他脚上的橡胶拖鞋发出“嘎吱嘎吱”的声响，小尊好后悔——他不该发火的。

可怜的丸子不敢回家了，它要是被汽车撞到了，要是被陌生人带走了，要是永远也不回来了……那可怎么办？

小尊撑着伞，不停地跑啊跑，生怕停下来就会错过丸子。

他跑下天桥的时候听到远处有“呜呜”的哽咽声，像是小狗的声音，小尊觉得一定是丸子，于是他大步向天桥下跑去……

天桥下黑黢黢的，有一只小狗蹲在那儿，可它不是丸子。

小尊好失落，他都不知道自己是怎么回到家的。

妈妈开了门，温柔地说：“傻孩子，我说这种天气不要出门吧，你快去看看，房间里有个惊喜都等你好久啦！”

丸子——我的丸子！

情绪小纸条

管理情绪的6个方法

呼吸练习：练习深呼吸技巧，有利于产生不良情绪时迅速恢复镇定。

情绪日记：每日记录自己的情绪变化，通过写作来梳理和释放情绪。

积极自我对话：通过自我对话来对抗消极想法，如“不必在意别人的玩笑”。

运动释放情绪：参加体育运动，通过运动来释放不良情绪。

寻求帮助：遇到困难时，主动寻求老师、家长或朋友的帮助。

感恩练习：每天思考并记录值得自己感恩的事情，培养积极的生活态度。

学会说“不”，别为了讨好别人而委屈自己。

被同学频繁模仿，我的愤怒有错吗

□见　微

有这样一个微妙的话题，许多人不好意思谈论，但经常真实地发生在我们的生活中：你有没有发现，自己的某个动作、口头禅、风格，甚至学习习惯，突然之间就被“学走了”，成了别人的“标签”？被“学习”并没有让你感到快乐，反而让你产生了反感与不适。

就像讨厌和别人撞衫一样，我们不会希望身边有一个“同款”的自己——当模仿失去分寸，真的会让人很不爽。

面对“学人精”，应该怎么做？

如果你是被模仿的人

1.学会拒绝

英国临床心理学家拉腊·菲尔丁提出请求和拒绝三步骤，可以在不冒犯的前提下坦诚沟通。

首先是证实，设身处地体验对方的感受。不要说“我很讨厌你总是偷偷模仿我”，而要说“我理解你很需要参考我的学习习惯，但是……”。

其次是坚持自己的主张，并且直接、具体、清晰地表达自己的需求。在拒绝外借资料的情境下，可以说“我没办法把资料借给你，我花了很多时间去总结，这是我的心血”。

最后是强化，告诉对方你为他着想的部分。可以说“如果你真的想借鉴别人的方法，我给你推荐几个宝藏学习博主”。

2.假如拒绝失败

如果实在拒绝不了，不妨转变思路，顺应对方模仿和借鉴的要求或者行为。毕竟，处处提防只会加重自己的心理负担。

你可以试着安慰自己：笔记和习惯可以模仿，但核心的思维方式和对学科底层逻辑的理解学不来；学习方法有适用性，适合你的不一定适合他。如果心理安慰不奏效，还可以尝试和对方交换笔记；如果对方拒绝，我们也可以名正言顺地回绝他。

如果在对方的窥视和模仿之下被压得透不过气来，而上述方法都不适用，不妨先去做别的，换个心情，优先保证自己的精力，再考虑应对策略。

如果你是喜欢模仿、喜欢借鉴的人

1.建立自我认同

从社会心理学角度来看，模仿是对强大他者的再现，体现出我们趋利避害的本能。换言之，窥伺欲和模仿本身并没有错。但如果你时时事事都要借鉴别人，也许就说明你缺乏足够的自我意识，需要通过模仿别人来成为自己。或许，你需要重建边界感。因为一味地模仿抄袭，不培养自己独立学习的能力，只能是东施效颦。虽然模仿的成本永远比亲自试错低得多，但后者会使我们慢慢建立思维能力和对学科的理解。

2.把握模仿的分寸

如果身边的人身上真的有你想要借鉴的闪光点，可以用虚心求教的方式取代暗地里的模仿。比如，可以夸赞对方，光明磊落地承认自己在学对方的习惯；也可以在付费或者交换资料的前提下，询问对方是否愿意共享笔记。这种坦诚本身就是边界感的一部分，或许还能拉近彼此的心理距离。

3. 换个方式模仿

如果实践证明模仿可取且有用，那不妨将模仿的范围扩大。你可以通过图书、互联网等渠道寻找学霸笔记和习惯分享，尝试模仿不同的学习方法。这既是不断试错的过程，也可以在不给别人造成困扰的基础上达成目的。

也许人类的本质就是复读机，我们每个人都忍不住去模仿美好的人和事。但也正是在模仿与被模仿的过程中，我们逐渐明确自我边界，划分自我和他人。

如果被恶意质疑，请把自证，换成他证。

绝不向不怀好意的人证明自己

□瑾山月

“你吃了两碗粉，就得交两份钱！”

“胡说，老子明明吃了一碗粉，当然只给一碗的钱！”

“两碗粉！他吃了两碗！”

老六一听，剖开肚子，取出一碗血淋淋的凉粉。

他举着碗给大伙看，有人疑惑：“进了肚子，凉粉还是凉粉吗？”

“是！哦……不是！”

大伙你一嘴我一嘴地说着，其实并不在意他到底吃了几碗。

生剖肚皮的老六，就被活活疼死了。

电影《让子弹飞》中，老六吃凉粉这个桥段，简直可以“封神”。

它用极其荒诞的手法，告诉了我们一个最为朴素的道理——永远不要向不怀好意的人证明自己。

生活中，难免碰到品行低劣又爱胡搅蛮缠的人，和他们掰扯计较，那才叫自讨苦吃。

倒不如置之不理，三十六计走为上计。

这并非怯懦，而是最大限度保护自己能量的生存智慧。

别让那些不重要的事来影响你，
从而让你失去那些真正重要的东西。

蜈蚣先生买鞋记

□汪霖恩

炎热的夏天，火辣辣的太阳烤得地面滚烫滚烫的，小草没精打采地弯下了腰。蜈蚣先生光着脚走在街上，刚碰着地面，那些细腿就像弹簧一样缩了回来。树上的知了看到蜈蚣先生滑稽的样子，躲在一旁嘲笑它活像小丑在跳舞。

蜈蚣先生回到自己的小窝，心里难过极了，它想：我需要买一些鞋子。

于是它郑重地拿起皮尺，坐在长凳上，开始量每一只脚的长度。这可真是一项艰巨的任务啊！因为蜈蚣先生的脚实在是太多了，足有40多只。等它把每只脚量完，太阳都快下山了。蜈蚣先生匆忙拿起那张写满了尺寸的纸，向蜘蛛老板的鞋店奔去。

蜘蛛老板的鞋店开在老胡同里，就在一口井的旁边。只见蜈蚣先生快速穿过泥泞的沼泽地，轻盈地攀爬上潮湿的井沿儿。蜘蛛老板头一回看到这么大的订单，等他气喘吁吁地把最后一双鞋找出来，店里的鞋几乎都快清空了。蜈蚣先生开始给自己穿鞋、系鞋带，一双脚穿好了，再穿下一双……不知道过了多久，40多只脚都穿上了新鞋，它满意地向睡着的蜘蛛老板说了声感谢，就迫不及待地要出去炫耀了。

蜈蚣先生刚转过头，一只脚底突然打滑，差点儿从高高的井口摔下去，它吓得舌头都僵住了。平时轻而易举就能溜下去的井沿儿，怎么今天却寸步难行呢？蜈蚣先生急得在井口不断地扭动长长的身躯。

一只蜻蜓目睹了一切，飞过来停在了井绳上：“蜈蚣先生，您灵活的脚本可以让您在多变的地形中快速而稳定地移动，但现在您穿了鞋子，无法有力地钩住凹凸处，只能等着摔跟头了。”

蜈蚣先生这才恍然大悟，原来问题出在鞋子上，它想：以后我可不能轻信别人的话了，适合自己的才是最好的选择呀！

获得小成就带来大快乐！

成就感是对抗烦恼的良药

□曾奇峰

女儿一岁左右的时候，能辨认出家里的几个大的物品，如冰箱、微波炉等。每次她指认对了那些物品时，我们都会用掌声和欢呼声来赞扬她和鼓励她，她也会因此高兴得嘿嘿直笑，甚至手舞足蹈。她还能扶着硬物慢慢地走路，然而学走路肯定是要摔跤的，摔痛了就哭是紧接着的一个必然程序。每当此时，我和她妈妈总会抱着她百般劝慰，但效果不太好，她总要哭上好几分钟才能慢慢停止。

有一次，她又摔跤以后大哭，我抱起她来，突然灵机一动，问她："微波炉呢？"她立即停止了哭泣，目光四处寻找，然后抬起手准确地指出了微波炉的所在，同时发出"嗯、嗯"的声音，相当于我们说"那里、那里"。从我的表情中得到了肯定之后，她得意地笑了，那种含着泪水的灿烂笑容让我心疼无比也惊喜无比。她是忍着痛来完成任务的！而且，摔倒以后又岂止是疼痛而已！肯定还伴有恐惧、紧张、烦躁等负面情绪。

但是，完成任务的成就感不仅使她忍住了疼痛，还使她的心情迅速变好！

由此想到战场上的英雄们，他们受了重伤还将最后的子弹射向敌人，或者引爆最后一枚手榴弹与敌人同归于尽。对他们而言，完成任务的成就感，不仅超过了疼痛，而且超过了生命本身。躯体的疼痛可以用成就感来减轻，心灵的痛楚也是如此。劳作以后，除了物质上的收获，还有无法估量的精神上的收获。对很多人来说，后者可能更有价值。当我们烦恼的时候，做一点能很快获得结果的容易的事，并充分享受由此带来的小小的成就感，也许是对抗烦恼的一剂良药。

有人说，烦恼即人生。如果这句话是对的，如果人们还有可能使人生变得不那么烦恼，那就需要把人生的路从起点到终点，用大大小小的成就的果实铺满。因为，对人而言，成就感可以比身体的疼痛感和一切负面情绪都更本质一些。不必怀疑，因为这有一岁的孩子为证。

好脾气背后，是海纳百川的格局。

让念头变得宽厚起来

□柏鹏飞

富弼是北宋时一位品行很好的宰相，他平时宽厚谦和，当有人告诉他谁在说他的坏话时，他总是笑着回答：“他怎么会说我坏话呢？我绝对不相信！”

有一次，一个秀才想羞辱富弼，便前去拜访，一见面就毫不客气地说：“听说你博学多识，我想请教你一个问题。”

富弼知道来者不善，但他转念一想，就和蔼地说：“请问吧。”秀才问富弼：“请问，欲正其心必先诚其意，所谓诚意即毋自欺也，是即为是，非即为非。如果有人骂你，你会怎样？”

富弼想了想，答道：“我会装作没听见。”

秀才哈哈大笑道：“竟然有人说你熟读经书，原来纯属虚妄，富弼才智驽钝，充其量不过是个庸人而已！”说完，大笑而去。

富弼的仆人埋怨主人道：“您真是难以理解，这么简单的问题我都可以回答，怎么您装作不知呢？”

富弼说道：“此人乃轻狂之士，若与他以理辩论，必会剑拔弩张，面红耳赤，无论谁把谁驳得哑口无言，都是口服心不服。书生心胸狭窄，必会记仇，这是徒劳无益的事，又何必与他相争呢？”

让念头变得宽厚起来。待人和气，如春日温煦；待人刻薄，则如寒风料峭。前者能聚人，后者能树敌，人当谨慎为戒。

在博弈中，智慧往往比力量更为重要。

分蛋糕的人，该不该拿第一块

□[美]威廉·庞德斯通 吴鹤龄/译

大多数人都听说过“为两个馋嘴的孩子分一块蛋糕的最佳方法”这个故事。不管你怎样小心翼翼地分，其中一个孩子（甚至两个孩子）总觉得自己那一块小一些。

解决这个问题的最佳方法是让一个孩子切蛋糕，让另一个孩子先选。出于贪心，第一个孩子会切得很公平，而且由于是他切的，他不会对两块蛋糕是否一般大提出异议；第二个孩子也不可能抱怨，因为他拿的那一块是自己挑的。

在著名数学家冯·诺伊曼看来，这个日常生活中的例子不仅是一种“博弈”，而且是作为博弈论基础的“极小极大”原理最简单的说明。

蛋糕问题反映了利益冲突。两个孩子想要的是一样的，即尽可能多的蛋糕。蛋糕最后怎么分取决于两件事：一个孩子怎么切蛋糕，另一个孩子选哪一块。重要的是，每个孩子都在预测对方会做什么。正是基于这一点，冯·诺伊曼把它看作一种“博弈”。

博弈论寻找博弈的答案——合理的结果。对于第一个孩子来说，把蛋糕分成同样大小的两块是最佳策略，因为他预测另一个孩子的策略必定是挑大的那块。因此，等分蛋糕是这个问题的答案。这个答案并不依赖于孩子的大度或者公平意识，而是由两个孩子各自的利益所驱使的。博弈论寻找的正是这类答案。

成长，是要躬身入局的。

赢家心态

□谭保罗

这个世界上的大多数人都是看客。躲在后排当观众，指指点点，总是最容易的。看着别人楼起了，喝彩起哄；等着别人楼塌了，挖苦批评。可这些跟你有什么关系呢？世界上最牛的工具——互联网摆在你面前，你却只学会了“吃瓜”。你没上过赛道，就会觉得只有冠军才值得喝彩。当你真正跑过，就会明白第四、第五、第六名也是很厉害的，你可能连业余组入围赛都进不去。

成长，是要躬身入局的。想方设法把自己扔到舞台中央，不要怕丢脸，不要怕嘲讽。别人的批评都是你加速的燃料。千方百计让自己站在舞台中央，边干边体悟，边干边进化。

站在舞台中央，就是抛弃了“运筹帷幄”的妄想，打碎了“吃瓜群众”的自轻招牌，就是在勇气和坚定的双重加持下，登上属于自己的阶梯。这种心态，是要反复训练的。训练再训练，你会熟悉这个舞台，熟悉顶着议论成长；你会习惯这个舞台，习惯成为焦点和核心。这种熟悉感，这种习惯，不是成功的充分条件，却是必要条件。

你不再是被影响、被调动，而是影响他人、创造价值；你不再是批评谁、关注谁，而是成为谁，找到你是谁。

这种心态，就是赢家心态。赢家心态，就是习惯于站在舞台中央。

当你在炫耀的时候，也正是你弱点显露的时刻。

不要炫耀不属于自己的东西

□亮　叔

畅销小说《哈利·波特》中有一起著名的炫富事件。

马尔福的父亲向斯莱特林魁地奇球队捐了七把全新的飞天扫帚。

七个人一齐把扫帚往前一举，七把崭新的、光滑锃亮的飞天扫帚，七行漂亮的金字“光轮2001”，在早晨的阳光下晃着格兰芬多队员的眼睛。

“很不错，是不是？”马尔福和颜悦色地说，“不过，也许格兰芬多队也能搞到一些金子买几把新扫帚呢。你们可以兑奖出售那些横扫七星5号，我想博物馆会出价要它们的。”

有些人的炫富得到了朋友圈大量点赞，马尔福的炫富却只得到了赫敏的打脸。“至少格兰芬多队中没有一个队员需要花钱才能入队，”赫敏尖刻地说，“他们完全是凭能力进来的。”

炫耀之心，人皆有之。马尔福到底做错了什么？

他和很多富二代有一个很大的不同，就是他每次炫富的重点不是自己家多么有钱，而是侧重于嘲笑别人的贫穷。

他瞧不起罗恩这样家境贫寒的同学，他说：“我父亲告诉我，韦斯莱家的人都是红头发，满脸雀斑，而且孩子多得养不起。”

他转身对哈利说：“你很快就会发现，有些巫师家庭要比其他家庭好很多。”

马尔福的炫富是一种攻击性的炫富，是赤裸裸地表达对穷人的鄙视。这是最容易树敌的一种炫富方式。

马尔福式的炫富会伤害到他人，而那些没有攻击性、没有敌意的炫富也会令人不爽。

事实上，任何一种炫富方式都会令他人不爽，区别无非在于令多少人不爽以及

多大程度地不爽。

在某种意义上，人的一生就是不断炫耀和看别人炫耀的过程。

为什么种出大南瓜的老爷爷、藏书万卷的读书人在我们面前炫耀的时候，赢得的是我们欣赏的目光，而一个人在炫耀财富的时候却令人不爽，即使这些财富是他辛勤劳动取得的？

炫富和其他炫耀到底有何不同？是因为我们常常把金钱和罪恶、庸俗联系在一起，还是因为我们反对一个人为自己拥有的财富而感到自豪？

一个更重要的原因也许是，每个人都要赚钱，在赚钱这件事情上，所有人都是同行，彼此竞争。

我们爱财富，胜过爱南瓜、学问。越是热爱，越是重视，人们就越难容忍别人拥有的比自己更多。

一个人有权为自己取得的成就感到自豪，无论是古董收藏还是财富积累。一个人也有权为自己的特长感到骄傲，无论是擅长玩滑板还是擅长赚钱。

当一个人既没有特长又没有成就的时候，他的炫耀常常变得具有讽刺意味。

有一种炫耀很危险，就是你炫耀的东西并不属于你。

比如，你的财富是你父母的，你的炫耀只是在沾光。

在《哈利 · 波特》的故事里，马尔福炫富了很多年。马尔福本可以好好利用漫长时光成为一个厉害的人，让自己拥有炫耀的资本，可是他没有。在故事的结尾，他幡然醒悟，可是他已经付出了太多的代价，浪费了太多的时间。

他的生命是如此苍白。他一直在炫耀，却终究没有创造出值得被看见、被尊重的价值。

一个社会中，只有好人都沉默时，邪恶才能横行。

关于欺凌，你应该知道的几个真相

□陈　赛

1.什么是欺凌

如果一个人故意说了伤害别人的话，或者故意做了伤害别人的事情，但只做了一次，这叫“刻薄”；如果一个人故意反复说伤害别人的话，或者故意反复做伤害别人的事情，而被伤害的人却无力反抗，这叫“欺凌”。欺凌与正常的社交冲突之间的差异在于，欺凌包含三个关键要素：伤害意图、权力不对等、反复的攻击性行为。

2.欺凌是如何升级的

欺凌常常是从小摩擦、小矛盾开始的。比如，某个同学说话有口音，就有人模仿他说话的口音……很多欺凌行为，一开始都是偶发的。但欺凌者从中尝到了行使权力的快感，加上被欺凌者的惧怕、顺从和旁观者的沉默，欺凌行为会变得肆无忌惮。这种时候，欺凌已经与矛盾、冲突没有关系了，它更多的是一种轻视和控制——我比你强，我有权这样对待你。如果没有及时干预，欺凌就会逐渐升级，变得越来越残酷和卑劣。

3.欺凌的实质是权力的不对等

通过攻击他人获取权力和控制感是一种古老的人类本能。在校园欺凌事件中，欺凌者正是通过这种原始本能聚集权力，建立自身的支配地位。钟馨乐曾在演讲中指出，欺凌很多时候并非“坏孩子”的反社会行为，而是青少年在社会化过程中渴求认同与权力的表现。青少年们努力地让自己符合某一类受到认可的文化标准，驱逐并排斥那些不合格、不一样的同伴，从而赢得更多的权力和更高的社交地位。

4.旁观者为什么袖手旁观

欺凌行为中必然包含旁观者，因为权力的实行需要得到人群的认可。旁观者的存在会让欺凌者感到自己的行为得到了认可，从而增强他们的权力感。

旁观者虽然是沉默的大多数，但掌握着大部分的权力。有研究显示，当旁观者中有人站出来去制止欺凌行为时，50%的欺凌行为都会在10秒之内结束。但是有勇气站出来制止欺凌行为的只有5%到7%的人，大部分旁观者不愿意将头伸出护栏。因此，在一个欺凌的情境中，如果其他人都被残忍的笑话逗乐了的话，那么旁观者就会认为这种行为是可以被接受的。他们会对自己的行为进行道德推脱，从而让自己从某种道德困境中解脱出来。

作为欺凌事件中不可缺少的一环，每个旁观者都对自身行为的后果负有不可推脱的责任——即便没有煽风点火，旁观者冷漠的态度也会对被欺凌者造成持久的伤害。

5.在校园欺凌中，受害者不止被欺凌者一人

对校园欺凌的受害者而言，在个人成长的关键阶段被同龄人羞辱和践踏的痛苦，会给他们带来长期的心理创伤。但在校园欺凌事件中，被欺凌者并非唯一的受害者。对欺凌者而言，欺凌行为虽然能带来一时的支配感和优越感，但长此以往，他们可能会发展出反社会人格，变得更加暴戾、残忍，甚至触犯法律。至于旁观者——目睹欺凌会让一个人丧失安全感。旁观者会陷入基于恐惧的两难：他们知道发生的一切都是错的，但因为太害怕变成下一个受害者而保持沉默。这种心理冲突可能会让他们变得麻木、冷漠，在未来的社交生活中难以建立健康的人际关系。

不管是否刻意，真的很对不起，被我伤过的人们。

在他们面前，我温暖地愧疚着

□罗佳玮

临近妇女节，学校举办了一次活动——给母亲写一封信。那时的我大概学习比较紧张，又或者是懒于写作，没有报名参加，后来也慢慢淡忘了这回事。

周末，妈妈来接我，我们坐在车上，互不言语。

“你们学校是不是举办了一个写信的活动啊？”妈妈的声音传来，打破了沉默。

“嗯。”没经过思考，我便答了出来。

“那，你参加了吗？”妈妈的声音有点微弱，却十分清晰地传进我耳中。我恍然意识到，也许妈妈希望收到我的信？一瞬间，我思绪万千，要是妈妈知道我没参加，肯定会很失望吧。

“没，没有。”我支支吾吾地说，连呼吸都有些心虚。

“哦，没事，我只是随便问一下。”妈妈似乎毫不在意，但我看到她眼中流露着些许失落。

一股不知名的情绪在我心上流过，有些酸楚。我突然意识到，我已经很久没有向爸爸妈妈表达过爱意了。我想起妈妈为我做的饭，我生病时她的担忧，我低落时她的安慰，我成功时她的赞许，我骄傲时她的忠告……当这一幕幕画面清晰地闪现在眼前时，我温暖地愧疚着。

过去那些年，我实在做了很多幼稚的事。跟爸妈闹别扭，耍小脾气，爸妈好像一直都没有生过我的气，总是回过头来听我的抱怨，然后安慰我、呵护我。每一次在学习上取得进步，他们会表扬我，也会警醒我，千万不要骄傲。

我以为，最好的回报就是好好学习，考出好成绩。可我误会了他们，就像他们曾经误会我一样。我没有想过，除了成绩，他们还希望能收到一封我亲手写下的信。

那天回到家，我提起笔，将饱满的情感付之于信笺上，凝聚成一封热乎乎的信。准备封上信封时，脑中突然灵光一闪，急忙拆开，在信的最后加上了一句“爸爸妈妈，我爱你们”。

其实，自始至终，我想写的，就是这八个字。

有些事情明明没有那么刻骨铭心，可是我们都记着。

奇妙的小河

□付小方

在一片森林里，有条弯弯曲曲的小河，河水清清的，像音乐一样流淌着。

你知道吗？这条看似普通的小河，其实会做一些奇妙的事。

当天上的云飘过小河，在河面投下洁白的影子时，小河会悄悄扯下这些影子，将它们裁成一页页云纸，然后送给河底那只一百多岁的老龟。

这样一来，爱写诗的老龟就不缺纸写诗了——它会写好多有意思的诗。

在河边那棵杨树长到最绿的时候，小河就将它的绿影子一缕缕地打捞起来，然后为自己织一件特别酷的绿披风。

在月黑风高的晚上，小河只要一披上这件绿披风，它就什么都不怕啦。

有年深秋，一只鹿来到河边喝水。小河留下了鹿美丽的身影，然后藏在河中央的最深处，那里是它的心。

每到冬天来临，小河常常感到又冷又孤单，将鹿的影子放在心里，它就不会冰冻，也不会寂寞了。

小河最喜欢夜空中有许多星星的日子，因为那样它就可以把星星的影子摘下来，将它们做成一盏盏灯，放在漆黑的河底，就像人类街道上的路灯。

这些河灯为害怕走夜路的鱼带来了光亮，也为流浪归来的虾指明了回家的方向。

一天，一个猎人来到河边洗脸，他刚刚捕获了两只野兔和一只狐狸。小河将他的面容贴在河面，如同人类在墙面贴上广告。小河告诉每个路过的动物：“小心这个人！”

猎人的面容在河上被贴了整整一年，从此，再也没有动物受到猎人的伤害。

当岸边的野花都盛开时，是小河最快乐的日子。它把所有花影收集起来，等数量够了，就请河里的螃蟹大婶为它缝一件世上最漂亮的衣服。

这条奇妙的小河，每天在森林里静静地流淌，静静地做一些奇妙的事情。也许有一天我们会遇到它，并且被它留下影子。它留下我们的影子做什么呢？反正我很期待，你呢？

别替我拒绝别人给我的赞美

如果有人夸奖你，你怎么办？

『谢谢，我真的很高兴你这么认为。』

□陈云鹤

我相信很多同学都和我一样有这样的感受：当我们跟着父母在某些场合时，大人们总会给予我们一些赞美，而我们的父母又总会自作主张地代替我们拒绝别人给我们的赞美。比如我妈妈，当有人赞美我勤劳的时候，她会说：“别提了，看着勤劳，其实没一件事情做得好！”当有人赞美我学习用功的时候，她又会这样说：“他是假努力，成绩也没好到哪儿去……”

每次，当有人赞美我的时候，不管是真心话还是客套话，我都会美滋滋的，但我妈妈的拒绝以及混合在拒绝中的对我的贬低与否定，总是会像冷水一样浇到我心里，让我瞬间尴尬又沮丧。

我是从上初一的时候开始思考这个问题的：为什么大人们总喜欢代替孩子去拒绝别人的赞美呢？我想，这应该是大人们为了维护自己的面子吧，生怕一接受别人的赞美就会落个“不低调、不谦虚”的形象。

但他们不知道，别人的赞美在很多时候其实能带给我们快乐，是给我们的激励，会令我们变得自信。即使我明显感受到别人的赞美是客套话，我也会信心倍增地顺着对方的赞美去改变和提升。

比如有一个周末，我正在家里做作业，妈妈的一个女同事来串门。那天我的作业比较多，为了赶时间，我写在作业本上的字非常潦草。阿姨过来跟我问好的时候，顺眼往我的作业本上扫了一眼，然后对着我妈赞美我说：“你家孩子写作业这么认真，字还写得这么工整，真是太棒了！”

阿姨的这个赞美，至少后半句明显是客套话，虽然很惭愧，但我心里还是十分高兴，我还因此下决心要把字写端正。但我妈妈大声地说：“这臭小子，写字一塌糊涂，老师也经常批评他，我每次看到就想揍他！”妈妈一边笑着一边说，我却沮丧到了极点。

我决定要和妈妈谈谈我的感受。阿姨离开以后，我对妈妈说：“妈妈，其实别人的赞美能带给我很多快乐和自信。即使别人的赞美是违心的客套话，但它也会在我心里产生实实在在的激励作用，我会真的往别人所赞美的方向去做。别人对我的赞美是我成长道路上一个非常重要的能量，所以当有人赞美我的时候，您可以不去拒绝吗？因为您的拒绝对我来说，就是一种否定与打击，这会让我非常难受！”

妈妈冷静地思考了好一阵儿后，对我说：“孩子，你说得对，感谢你真诚地告诉我你的感受，让我知道我做错了很多，我以后不会再拒绝别人对你的赞美了。不瞒你说，有同事赞美我穿衣服好看的时候，虽然我知道人家只是客套，但我第二天早上还是会情不自禁地多注意一下穿着打扮，那种因为受到赞美而决心要做得更好的感受，真的很美妙！”

从那以后，每当有人赞美我，不管是不是客套话，我妈妈都一边说“谢谢”一边真诚地接受，这些赞美也带给了我很多快乐和自信，并且激励着我成长。这几年来，我在各方面进步都非常大。原本我的字很潦草，但因为有人曾赞美我字写得好，所以我的字越写越工整了；原本我不太爱干净，但因为有人赞美我穿衣服干净，我也真的越来越爱干净了；原本我说话总是很大声，但因为有人赞美我斯文有修养，我现在真的越来越注重言谈举止了……这一切都在不断地改变着我，让我成为一个更加优秀的人。

如果你们的父母也和我的妈妈一样，总是喜欢代替你去拒绝别人的赞美，我想告诉你，拿出勇气来，真诚地对父母说说你的感受，真诚地告诉他们：“当有人赞美我的时候，你们不要代替我拒绝别人的赞美，好吗？”

心无旁骛，万事可破。

黠　盗

□迂夫子

一士人调任都城，住在一家旅馆。他闲来无事，天天坐在旅馆前的茶坊喝茶，看来来往往的路人。茶坊对面是一个染坊。一天，他发现有几人几次三番在眼前晃荡，似乎在打染坊的主意。正惊讶间，有人过来跟他耳语道："我们想得到染坊晾晒的缣帛，请您别声张啊！"士人说："这跟我不相干，怎会多嘴？"那人拱手道谢后走了。

士人想："那些缣帛高悬在通衢路口，光天化日，众目睽睽，他们要是能盗到手，那可真是有本事。"他就坐在茶坊聚精会神地观察盗贼们的一举一动。只见那些人时不时地经过染坊，一会儿在左，一会儿在右，后来间隔时间越来越长，到傍晚时分，那些人就不见了，而染坊的缣帛仍然好好地挂在那里。士人暗笑："这几个狂妄的家伙，拿我开涮呢！"他起身回房间准备吃饭，却发现屋里的东西全都不见了。

盗贼之狡黠，超乎想象，他们最善于抓住人性的弱点来作案。比如，利用人的好奇心。大白天当街偷盗挂在大路上的缣帛而不被发现，这种极富挑战性的偷窃当然吸引眼球。士人目不转睛地盯着，要等"奇迹发生"，结果奇迹果然发生：自己的房间被劫掠一空。

再如，抓住人们"事不关己，高高挂起"的心理。正如士人所言，盗贼偷染坊的缣帛，与他何干？他自然不会干预，但他会看热闹，因此不知不觉就堕入盗贼的彀中。

这个故事，其实是一个隐喻。生活中，多少人像士人那样，想看别人的笑话，却让自己活成了笑话。人生在世，要想不被生活这个窃贼洗劫一空，必须做到心无旁骛，专注于自己的生活。与其浪费大好时光张望别人，不如踏踏实实做好自己。

明天有明天的心和明天的落叶，不要提前焦虑。

承担美好的价值

□林清玄

当下的时间是非常重要、非常有意义的。我小的时候曾有这样的经验，给了我很大的启示。当时我家有一个很大的院子，种了很多树，我父亲规定小孩子要轮流扫地。扫院子是很累的，每天天还没亮，便开始扫，扫完院子才可以去上学，我们几兄弟都很不情愿去扫地。

有一天，父亲见我们扫地那么痛苦，便教我们一个方法，以后扫地之前先把树摇一摇，把明天要落下的叶子先摇下来，这样一来，两天扫一次就可以了。

第二天，我们就开始实践，扫地之前先用力地摇树，结果发现摇树比扫地还累。最后摇好树，终于把明天的叶子也扫干净了，我们坐在院子旁的藤椅上，心中很有成就地想着："好棒！连明天的叶子也扫好了。"正在得意的时候，一阵风吹来，又把树叶吹下来了。大家很讶异，怎么还有叶子，于是几个兄弟便聚在一起商讨解决方法，最后得到了一个结论："可能是摇得不够用力，明天再使劲摇一摇看看。"第二天一早我们便起来拼命地摇树，结果把好几棵树都摇死了。

原来，不管我们怎么用力摇今天的树，明天的叶子都不会预先落下来啊！这给我们一个非常好的启示：一个人活在今天，只要把今天的地扫干净、把今天的心扫干净就行了，因为明天有明天的心和明天的落叶。

攀比，其实是偷走快乐的小偷。

能用来攀比的事，终将变成小事

□巫小诗

与多年未见的一位老同学叙旧，聊着聊着，聊到一件年少趣事。

我说：“讲出来你可能不信，我到现在都能背出你的QQ号码。”她很震惊，问为什么。“你忘啦？小时候我帮你挂QQ，挂了很久呢！要不是被我妈逮住了，差一点儿就有‘太阳’了。”她大笑：“对对对，那时我们太‘中二’了。”“挂QQ”这个“古老”的字眼儿蹦出来的时候，我们俩都感觉恍如隔世。

十几年前，大约我刚上初中的时候，QQ等级就是少男少女的“时尚等级”，等级高的人倍儿有面子。而QQ等级是由“活跃天数”决定的，每天在线两个小时算一个活跃天数，天数积够了变一个“星星”，“星星”够了变一个“月亮”，“月亮”够了变一个“太阳”。

为了保证QQ每天能在线两个小时，我们和家长斗智斗勇。那时候我这位好朋友住校，我住家里，每天中午有两个多小时的午休时间。我回家第一件事，就是偷偷打开电脑，把自己和好朋友的QQ登录上，再把屏幕亮度调到最暗，以免被家长发现，然后，等待共同走向“人生巅峰”。

这样持续了很长一段时间，眼看着“星星”“月亮”都升起来了，却被母亲发现了我的奇怪举动。她大发雷霆，并把我房间的电脑移到她房间去了，我和我朋友的QQ升级之路就此遭遇滑铁卢。那时候的电脑可大了，有一台小电视机那么大。电脑被移走后，我的房间空空的，我的心也空空的，难过了好长时间。

我们越聊越觉得好笑，笑得肚子痛。QQ等级这么无聊的事情，又没有实际用途，那时的我居然每天像上班打卡一样坚持着，像渴望获得某种荣誉似的与同学比较着，也怅然若失着。

等级再高又能怎样？不过是个聊天工具而已啊，真是无法理解。现在看来，这归根到底，是少不更事的攀比心在作祟。少年时代的我们，以为拥有了一个虚拟的太阳就会真的闪闪发光，会变得和别人不一样，而这种与智力、能力无关，仅靠蛮力就能实现的小成就，没有什么分量。成人世界的攀比也一样，那些鞋子啊，包包啊，手表啊，你以为拥有了这些东西就高人一等了，其实你还是你，不用太久，回头看看，你会像看“挂QQ”的小孩儿一样，觉得曾经的自己是多么幼稚。

人的价值，不是由你消费了什么决定的，是由你创造了什么决定的。

年级第一名，没人会笑他的QQ等级低；跑步第一名，没人会笑他的球鞋不是名牌。但如果你什么都不创造，只把“逆天改命”的心愿寄托于一双鞋、一个包，那就真的有点儿好笑。那些用于攀比的事与物，穿过岁月长河，终将不值一提，你回头看，或一笑而过，或羞愧难当；而你走过的路，读过的书，流过的汗和泪，才会变成你的本事，或遮风避雨，或福泽四方。

情绪小纸条

向日葵心态

在生活中，我们难免会遇到一些难题。想要放弃时，不妨想一想向日葵，无论生长在何种环境，始终保持向阳生长的勇气和力量。

其实，越感到坚持不了时，越是离成功最近的时刻。因为有时被困难难住的，恰恰是你畏惧它的心。

只要调整好心态，哪怕路再远也有抵达的一天，哪怕山再高也有翻过去的一天。

要学习向日葵，哪里有阳光就朝向哪里。多接触优秀的人，多谈论健康向上的话题，心里若是充满阳光，生活处处都是阳光。

趣味小测试 仅供娱乐

假如你是一只鸟，你会是？

A.火烈鸟　　B.信天翁　　C.走鹃

A

火烈鸟，一种喜欢群居的鸟类。它们往往成千上万地聚在一起，场面十分热闹，选择它说明你希望随时跟周围的人沟通，相互交流以确认安全感。

B

信天翁，一种栖息在海洋的鸟类。它们在岸上表现得十分驯顺，因此有时又被叫做“呆鸥”或“笨鸟”，不过它们可以逆风而飞，通过助跑或从悬崖边缘起飞。选择它，说明你是一个越挫越勇的后发力型选手。

C

走鹃，一种据说在镜子中看到自己的长相会摔碎镜子的凶狠小鸟。选择它说明你是一个厉害的人，并且注重与他人合作。因为，别看走鹃体积小，它们联合起来可以猎杀一条响尾蛇：一只来吸引蛇的注意力，另一只从后面悄悄靠近。“我很小，但是我很凶猛。”

第三章

所有烦恼 都有解药

想得越多便越有问题

开始行动便都是答案

如果失败了，我该怎么办？

想到明天要上台表演，我好害怕。

被人误解非常委屈，我该怎么办？

我真笨，怎么会把这件事搞砸！

做了错事，怎么补救？

画重点

这件事确实是我做错了，应该找老师和同学认错

以后我不会再这样了，我会让家人看到我的改变

朋友好像误会我了，我现在去找她解释清楚

每一种情绪，都有开关；每一种烦恼，都有解药

不是因为成长了才去承担，
而是因为承担了才会成长。

小山成长记

□杨　木

“你们长大了也会是我这个样子的。”大山妖和小山妖们靠在一起，坐在小山上说着话。

“那小山长大了是什么样子的？”小山妖们突然问。“我也不知道，从我第一次看到它时它就是小山，一直没有长大。”大山妖摇摇头，小山也跟着摇摇头，头顶茂密的树叶“哗啦啦”地响着。它也不知道答案，因为它从睁开眼睛就被叫作小山了。

于是第二天，小山决定出发去最东边找那里的老神仙，问一问自己长大了会是什么样的。

“小山，你来得正好，我的月光葵花没有地方种了，能种在你那儿吗？”声音嘶哑的老山妖爷爷叫住了小山。“当然没问题，只是我要出趟远门。”小山为难地回答。“没关系。”老山妖爷爷将月光葵花种子撒在了小山背后的一块泥地里。

小山走啊走，前面有位小仙子叫住了它。“小山，能帮帮我吗？”小仙子着急地指了指自己身后一堆湿漉漉的云朵，“这些都是需要晒得软绵绵的云朵，可是这里实在没有足够大的地方。”“当然可以，只是我要出趟远门。”“没关系。”小仙子将云朵们都分开，铺在了小山的身上，像是给小山穿上了新衣服。

在接下来的路途中，小山身上的东西越来越多，甚至还多了几条小河。到了最东边，它的身上已经被塞得满满的了。

“我……我想知道我长大后的样子，因为大家都知道自己长大后是什么样子的。”小山满脸通红。老神仙笑眯眯地望着它，好像早已知道它的来意。“这不就是吗？”老神仙指了指小山，它身上有长成树高的月光葵花，有挤满整座山的蓬松云朵，还有沿着大山蜿蜒流淌的长河……小山已经长大，变成了一座雄伟的大山。

不要怕失败，要从失败的经验中汲取营养。

失败源自害怕失败

□[美]奥赞·瓦罗尔　李文远/译

我们天生就害怕失败。千万年前，若非害怕失败，我们的祖先早就被一只饿极了的灰熊捕食。在成长过程中，失败让我们一次次走进校长办公室，失败意味着被家长限制外出或减少零花钱，意味着大学辍学或找不到理想的工作。

不可否认，失败很令人难过。人生没有安慰奖，每当考试不及格，遇到破产或失业时，我们是没有心情庆祝的，只会觉得自己毫无价值，很不中用。与成功后的兴奋感会迅速消散不同，失败的刺痛会一直挥之不去，有时甚至会持续一辈子。

为了躲避“失败”这个恶魔，我们努力与它保持安全距离。我们远离悬崖峭壁，规避健康风险，凡事谨慎。如果不能保证赢得比赛，我们就认为这场比赛不值得参加。

这种规避失败的天性却是失败的源泉。每一枚未发射的火箭，每一块未曾落笔的画布，每一个未尝试过的目标，每一本未写成的书，每一首未唱的歌，都源自害怕失败。

思维决定格局，格局决定命运。

羊倌的智慧

□李福中

我上高中时，二叔是生产队的羊倌。

夏天，看到二叔每天早晨从家里走，都带个塑料袋，我很好奇，便问起塑料袋的用途。

二叔神秘地一笑，说：“咱家没有雨衣，这塑料袋就是雨衣了。下雨了，披上它，衣服就浇不湿了。”

我看了看塑料袋，又打量了一下五大三粗的二叔，无论如何也不相信二叔的话，那小小的塑料袋，怎么能裹住二叔那高大的身躯呢？可不相信又不行，因为不论白天下多大雨，每次放羊归来，二叔的衣服从来没有湿过。

一次，我终于向二叔说出了自己心中的这个疑团，二叔笑呵呵地说：“裹不住身体没关系，能裹住身上的衣服就行。”

见我不解，二叔解释道：“山上没有别人。下雨了，我便把身上所有的衣服都脱下来，塞进塑料袋里。等雨停了，再把衣服拿出来穿上。不管下多大的雨，我的衣服始终不会淋湿。”

我很惊讶地问：“大雨像鞭子一样抽打着你的身体，你能忍受得了吗？”

二叔答道：“当时是很难受，但一想起雨后能有干爽的衣服穿，咬咬牙就过去了。要是不用这个办法或下雨时挺不住，雨后湿漉漉的衣服长时间地贴在身上，那滋味更不好受。”

二叔的话使我豁然开朗：管不了老天什么时候下雨，当时也没条件置备雨衣，能改变的只有自己的思维。思维改变了，也能在阴雨天撑起一片晴空。

要情绪稳定，先找出你的情绪按钮。

每个人都有一个独特的情绪按钮

□星　一

在学校实习的时候，有一天清晨，我在路边排队买早餐，前面排着一位穿校服的小女孩，小女孩原本安静地排着队，忽然侧过身，朝着马路对面喊某人的名字。我顺着她喊话的方向望去，马路对面是另一位穿着校服的学生，我猜应该是她的同学。

但是那位同学似乎没有听到她的呼喊，自顾自地往前走，进了校门。

“距离太远了，她没听见。”

我朝面前的小女孩脱口说出这句话，她没有回应我，买好早餐就走了。

我有一丝尴尬，但不十分强烈，取而代之的是好奇：我为什么会对小女孩说这样的话？

经我分析，原因是我认为这个小女孩会因为这位同学没有理会她而感到沮丧。我对她说“距离太远了，她没听见”是想安慰她，当时我甚至想帮她喊对面的同学。但我想安慰的真的是眼前这位小女孩吗？

不，是我自己，是曾经那个害怕被冷落的小孩。

内向如我，从小到大朋友都不多，对待同学和朋友，我总是小心翼翼，生怕被冷落，以至于我一直害怕：我与别人打招呼时，别人不理我，或者别人与我打招呼时，我没听见，对方会以为我不理他。

如果我像那位小女孩一样向同学打招呼，无论对方听没听见，如果他没有理会我，我都会很受伤，认为对方是故意不理我。反之，别人和我打招呼时我没有回应，如事后对方问我：“我那天叫你，你怎么没理我啊？”我也会紧张，怕他误会我故意不理他而赶忙解释。

“别人不理会我”和“别人误会我不理他”算是我的情绪按钮。我也渐渐发觉，在人际交往中，如果我们常被别人不经意地激怒，很大程度是因为别人恰好按到了我们的情绪按钮。

我上高中时有一位同桌，刚成为同桌时我们的关系很要好，后来变成了坐在一起也不说话的陌路人。因为有一次上语文课，老师说：“多数人会给他们的理想和抱负加一个前提，‘等我有钱了’，其实……”

“等我有钱了，我买两个棒棒糖，一个你看着我吃，一个我吃给你看。”他对我说。我们那会儿关系还很好，以为可以随便开玩笑。

“等你有钱了，还是先去把腿扯长点吧，全班第一矮的小短腿。”他听到后转过头，板着脸不说话了。

事后我也没有道歉，为什么一句玩笑就当真了？我甚至觉得我说的就是事实。

那时我不懂，其实腿短是他的硬伤，在他整个学生时代，因为身高问题遇到过一些挫折，被同学取笑，被喜欢的女生拒绝，而我却随意地“取笑”了他的身高。个子矮就是他的情绪按钮，如果不经意按到，他就容易愤怒，难以控制自己的脾气。只是那时的我还不懂“己所不欲，勿施于人”。

每个人的情绪按钮都很独特。有的人怕被冷落，有的人怕被质疑，有的人怕被拒绝，有的人怕无法做到完美。时间让我们自以为已经变成百毒不侵、不再矫情和脆弱的大人，只是某些时刻却不得不承认，我们心里还住着一个小孩，一点儿也没有进步。我们有无数需要默默消化的脆弱与难堪，有些笑笑就能过，有些种在心里，从未痊愈。但是很多时候，我们一旦摁住自己的情绪按钮，治愈模式就开启了。

直面情绪按钮，你会发现它并没有想象中那么可怕。我们就是靠这种不断地自我修炼，变得成熟自在。

小人物也能办大事。

谁该吃第一块比萨

□[加拿大]玛里琳·海尔默　鱼　鸢/译

布雷迪一家住在小镇郊区的一幢房子里。家里的每一位成员都很高大，嗓门也特别大。爸爸身高两米一，说起话来简直就像一阵狂暴的飓风。妈妈的鞋子比西瓜还要大，当她大喊“吃晚饭喽”的时候，邻村的孩子们都知道，饭点到了，于是赶忙跑回家吃饭。艾拉的身高是班上同学的两倍。当她飙起高音的时候，声音能把水晶碗给震破。比利戴着一顶用水桶做的帽子，他的哨声让呼啸而过的火车也黯然失色。

布雷迪家的宠物也很大，还特别吵。他家的猫名叫泰格，当它坐在门廊的秋千上时，秋千下垂得厉害。他家的狗罗斯科守在门口时，邮递员见了，都吓得落荒而逃，有一次逃跑时还被卡在了尖桩栅栏的板条之间。布雷迪家唯一一个既不胖也没有大嗓门的是塞德里克。它是一只安静的小老鼠，住在客厅的墙洞里。它那么小，那么安静，以至于布雷迪一家都不知道它的存在。

有一天，布雷迪一家围坐在壁炉旁，正烤着爆米花。塞德里克闻着香味，在老鼠洞洞口痴痴地望着。爆米花烤好之后，布雷迪一家就开始分享，将装满爆米花的碗传来传去。塞德里克看着口水都流了下来，它满心希望能掉下一两粒爆米花来。终于，布雷迪一家吃完了，一个接一个地进入梦乡，打起了此起彼伏的呼噜。

呼噜声却没有搅扰塞德里克，它已习惯了这种声音。当呼噜声响起的时候，意味着塞德里克可以安全行动了。这时，塞德里克瞅见了一颗未爆开的玉米粒，就落在壁炉旁。当它准备冲过去的时候，不幸的是，似乎有什么东西抢先了一步。

啪——一颗火星从壁炉里蹦了出来，正巧落在了玉米粒边。砰的一声，不仅玉米粒炸开了，火花也趁势溅了出来。慢慢地，一团火焰开始在地毯上燃烧。

塞德里克焦急万分，立即行动起来。它发现壁炉旁正巧有一桶水。它想把水弄倒，可是水桶实在太重了。火势仍在蔓延。

塞德里克灵机一动，飞快地跑到布雷迪家的肥猫面前。它把嘴巴凑到泰格的耳边，叫出了它平生最大、最响亮的吱吱声。

泰格在一声嚎叫中醒了过来，不小心抓伤了狗狗罗斯科的鼻子。罗斯科被猫的嚎叫惊醒，碰到了比利的胳膊。比利醒来时吼了一嗓子，踩到了艾拉的手臂。艾拉吓得尖叫着醒来，被妈妈的腿给绊倒了。妈妈大叫一声，吵醒了沉睡中的爸爸。爸爸这时也被惊醒，一不留神，踢倒了身旁的水桶。水顺势洒了一地，把火给扑灭了。当布雷迪一家缓过神来，他们才意识到发生了什么事。能从火口脱险可真是幸运！为了庆祝，他们点了一份超级大、超级好吃、集多种口味于一身的比萨。

等比萨送到家的时候，布雷迪一家都已经很饿了。他们几乎同时抓起了比萨盒，争论着到底应该由谁来吃第一块比萨。

“当然应该是我吃第一块啦！”爸爸吼道，“因为我是救火的人，是我踢翻了水桶，才把火给扑灭的。”“先别动！”妈妈喊道，“是我挽救了局面。如果我不吵醒爸爸，他也不会踢翻水桶，火就不会扑灭。”

“瞎说！”艾拉说，“是我拯救了这一切。如果我不被妈妈绊倒，她就不会大喊大叫，也不会吵醒爸爸，爸爸就不会踢翻水桶。”

“胡说八道！”比利嚷道，“是我的功劳！是我的功劳！如果我没把艾拉弄醒，她就不会尖叫。更不会把妈妈弄醒，爸爸也不会被妈妈吵醒，就不会踢翻水桶。”

“我才是大救星！”狗狗罗斯科也跟着咆哮起来，“如果不是我把比利吵醒，他就不会把艾拉吵醒……”还没等狗狗罗斯科说完，猫泰格也嚎叫起来：“我才是真正的救星呢！如果不是我吵醒了罗斯科，罗斯科就不会叫醒比利，比利也不会吵醒艾拉，艾拉就不会弄醒妈妈……”

布雷迪一家为此吵得不可开交，却没有人注意到小老鼠塞德里克已经匆匆跑到比萨盒的面前。它趁着全家吵吵闹闹的时候，搬走了第一块最大的比萨。

“哼哼，我才应该吃第一块比萨，”塞德里克说道，“是我拯救了这一切。”塞德里克自言自语。它的声音太小，布雷迪一家都没有听到它的话。也没有人认识塞德里克，这只住在客厅墙洞里的安静的小老鼠。可是，塞德里克才不在乎呢！这第一块比萨，那是真美味呀！

喜欢自己，比喜欢世界重要。

允许自己不是玫瑰

□水云身

我是在父母的调料店里长大的。小时候的我不懂事，喜欢在一排排货架中间奔跑、躲藏。油盐酱醋、八角、花椒、桂皮等充斥着我的童年。长大后，我却对这些瓶瓶罐罐、片片粒粒避之不及，仿佛靠近一步就要被看不见的怪兽吞噬一般。

从怪兽嘴里逃出来的孩子，会染上奇怪的味道。这味道我早习以为常，可同学们不适应它。它钻进同学们的鼻腔中，蘑菇云一样爆炸，让他们打喷嚏，红着鼻头连连往后退。在他们的眼中，我似乎就是一只怪兽，一只可以被看见的怪兽。

当我经过时，他们会不约而同地捂住鼻子，窃窃私语，或者干脆小跑着逃开，好像我碰过的空气都会被染成黑色。

我也习惯了独来独往，体育课自由活动时，我一准识趣地退出人群。我知道，大幅度做动作，汗水如同泉水一样冒出来，与调料味渗透融合，会长出黏腻触手，将人远远推开。而那些身上香香的女孩子一跑起来，空气中馨香流动，闻了像掉进云彩里。

这些美丽的女孩们宛若一朵朵盛开在骄阳下的玫瑰，鲜艳、火热，充满活力。她们让操场变成了玫瑰的花海，香气随着清风一浪一浪地拍过来，拍得我头晕目眩。我站在艳阳下，心中却下起了倾盆大雨。

看着雨中自己的倒影，我清晰地感受到，自己跟其他女孩不一样，我不是玫瑰，我不惹人喜欢。我多么希望能像她们一样在操场上怒放，不，不仅是操场，玫瑰在哪里都惹人偏爱。就像新来的英语老师，不施粉黛，脸上还有几颗青春痘，可所有人都喜欢她。她充满朝气，洒脱自信。从她身上，我第一次发觉“长大”这件事令人如此心驰神往。

然而没过多久，班里开始有人议论：她身上有一股怪味，是药味，还是消毒水味？

为了得到答案，上课时大家的注意力从她神采飞扬的脸庞，转移到她身上。靠近她时，大家刻意用力嗅一嗅，再用唇语给好友示意出答案。聪敏的她当然察觉到异样，可她依然不动声色地为同学们答疑解惑。每一次她为我弯下腰，我都向她倾过身子。我想用这种方式告诉她，我不抗拒她的味道。

终于，一节英语课上，她一身白衣，笑容依旧飞扬。她把英语书端放在讲桌上，拿起黄色粉笔，转身画出一条条曲线。吱吱嘎嘎，我们听到了时间的声音，不知道她要做什么。同学们屏息凝视，望着她的背影，也在耐心地等着她揭晓答案。

她放下粉笔，一朵花灿然盛开在黑板上，细细长长，花瓣微微卷曲。她告诉我们，这是忍冬。她说，她父母开了一家诊所。从小药味、消毒水味就浸透到她的生命中，成为她身体的一部分。在别人眼里，她像一瓶味道很重的药水，她一出现，他们就捂着鼻子躲开。

她说：“我从不自卑，味道跟其他人不一样，这不是什么错。我没有不讲卫生，就无须因味道自卑；我没有罹患疾病，就无须因味道忧心。这味道存在的地方，为我遮风挡雨，为我换来学费、书本，我怎能怪罪它？每个女孩都想像玫瑰一样馥郁芬芳，可这世界本身就有千百种花朵，有的淡雅，有的浓郁。比如我，我觉得自己是一朵忍冬，初闻微苦，久处清香。”

她清脆的声音宛若掺着金粉，把我从雨季中拖出来。那节课以后，同学们仿佛也看清，“黑色空气”后面的我其实并不惹人讨厌。他们不再绕开我，体育课上，还有人主动邀请我一起活动。

临近毕业，同学们纷纷请英语老师写同学录，我也一样。我说：“老师，您帮我画一朵忍冬吧。”她微笑着应允。

我永远记得那天阳光透过玻璃窗照在她的脸上，她说：“你要相信自己是一朵花，你有专属于你的味道。你要爱自己，你要允许自己不是玫瑰。”

看见情绪背后的需求，去满足它。

患上“被动废”怎么办

□李冬娟

家长总是说，孩子长大了，变得叛逆了。让他写作业，他就玩游戏；让他去洗澡，他就磨磨蹭蹭不动弹；让他书写认真点，他就连篇“龙飞凤舞”……

看起来，孩子真是“不听话”，也的确挺“叛逆”。在网络中，人们把这种“对着干”称为“被动废”。说的是，当自己正想做一件事时，别人在旁边一催促，自己突然就不想干了。很多被催促的人跟帖吐槽：明明我正想复习功课，可是我妈一推开门就唠叨我，“都快期末考试了，还不知道学习？赶紧复习啊”。听老妈这样一说，原本已经打开书本的自己，偏偏就不要听她的，摔上房门，掏出手机，先玩一局游戏再说……

其实，这是一种比较普遍的心理反应，特别容易在青少年中出现。催促的人越催越着急，被催的人内心全面抗拒。这样的“被动废”是如何产生的呢？

第一种情况：从小被催促的人，最常见的应对方式就是“拖延”。当一个人内心充满委屈、不满等情绪，又无法通过正面、积极的方式去表达时，就只好采取“拖延”这样消极的、被动的方式来释放心中的负面情绪。

第二种情况：在权势者的催促下，被催促者形成恐惧、焦虑心理，从而导致

“拖延”。小孩子被家长带着愤怒、暴躁的情绪催促时，大脑的思考会停滞。有的家长在孩子做得不好的时候，对孩子进行人身攻击，贬低、指责，甚至打骂孩子。此时的催促会让孩子感觉到“我在被否定”“我很糟糕”，于是他需要用更多的心思和精力去应对恐惧、焦虑的心理，导致大脑无法正常思考，从而做事更加缓慢。

第三种情况：被催促者对催促者形成了过度的顺从和依赖。你让我做什么，我就做什么；你不让我做的，我也不想着做。这种拖延的根源在于，一个人过度地让渡了自我，就只会替别人而活，因此，失去了积极主动完成一件事的心态。

总的来说，“被动废”这种拖延的状态来自人们因被催促而感到压力过大，想要逃避一切，以及被催促后内驱力被破坏。那么如何才能从“被动废”中解放出来？

对于习惯催促的人，特别是家长来说，要试着把生命的主动权交还给孩子。每一个人都有自己的生命节奏，即便是父母，也要学会尊重和理解孩子，允许每个人有自己的步调。同时，也要让孩子学会为自己的事情负责：一个人只有从自己的体验中得到经验和教训，才能由内而外地发展出为自己负责的能力。

对于被催促的一方，要先学会与自己的情绪相处。首先要厘清自己情绪产生的根源，不要为了反抗而反抗，或者基于害怕、焦虑等情绪而过度顺从。冷静下来后，问一问自己，为什么在被催促的时候就不想干了？找到自己被催促后内心产生的情绪，然后了解产生这种情绪的根源，去看见、理解和面对，这样才能从“被动废”中走出来。另外，也要试着更主动一些，主动与催促自己的人沟通，表达自己的感受和想法。告诉对方，自己在被催促时的内在感受以及你希望对方怎么做。

明白自己的情绪背后所代表的渴求和愿望，不被情绪左右，是对自己负责。

欣赏对手不仅是为了学习，更是为了超越。

我们都会遇到对手

□张爱玲

小学时，我们班有20多名同学，梳辫子的只有7位。老师先让大一些的琴做了学习委员，又发现我嗓门儿大又挺大方，便委任了我做文艺委员。

我不知道嫉妒心是何时潜入体内并随着身体一天天长大的。我和琴的成绩太相近了，老师常常表扬我们俩或者我们其中的一位。势均力敌就有了敌意。琴先拉帮结伙，她拉着那5个女生课间高高兴兴玩，放学亲亲热热走，我形单影只地待在操场或闷头回家时，恨琴恨得咬牙切齿。

有一天傍晚，我和高年级同学玩跳格，跳到天黑才想起书包，书包早被锁在教室里了。我急得团团转时，发现教室窗户的玻璃刚好坏了，我打开门，拿上书包正要出来，我突然想到琴，偷着锁门说不定就是她干的，那天她值日。我拿不出书包做不成作业自然要挨老师训，她早就盼着这天呢！旧恨新仇忍无可忍，我想报仇的机会到了。我一回身看到讲台上有截粉笔头儿，还是给她起个绰号骂她一下吧！借着教室里最后一点儿微亮的光写在琴的书桌上。写完了报了仇，跳出教室我就把这件事丢到脑后了。

第二天早自习一进门，琴正在骂人，看到我音量提高了一倍。最麻烦的是在路上，琴用她的骂声对我实行围追堵截，我像灰溜溜的小老鼠，琴成了打鼠的英雄。

琴很能骂人，指桑骂槐、破口大骂全会。在她的骂声中，我来不及想自己的愚蠢，原有的嫉妒变成了完完全全的恨。

五年级时，我的表姐也转到了我们班。表姐的成绩开始遥遥领先，琴很不服气，私下里便说她是重读生。话被传过来，表姐便立场坚定了，女生阵营里从此有了两个帮派，彼此虎视眈眈。

我们常在一起挖空心思贬低对方。有一天发现琴“长着满脸横丝肉，一看就不像好东西”，令我们狠狠开心了一阵子，尤其是那常形容坏人的“横丝肉”，让我出了许多怨气。

我们（包括琴）都以为自己很聪明，所作所为理所当然，发布考中学成绩时大家都傻了：老师认为最有希望的几个，包括表姐，都没有考入那所向往已久的重点中学。

也许是因为那次惨败，琴比我们先长大了。有一天陪妈妈逛街，远远看到琴，我早早扭过头去，听见琴问：“阿姨，上街呀？”

妈妈说：“嗯。琴，你有时间到我家里玩吧。”

“哎。”

等琴走远了，我问：“妈，你理她干吗？你不知道我俩不好吗？”

妈妈瞪了我一眼：“她到底是大两岁懂事了，人家想和好。”

“我才不和她和好呢！”

虽然妈妈开导了半天，我却忘不了琴的那些恶骂，几次碰到她探寻的目光都以冷漠拒绝了。

多年以后我慢慢聪明过来：无论在哪儿，无论做什么，我们都会遇到对手。我们太喜欢把对手视为敌人，太喜欢嫉妒甚至诽谤。而一个人真正的长大，却是从真诚地欣赏对手开始的。

不必把成功看得太重要，也不要把失败当成世界末日。

你有“瓦伦达心态”吗

□张一文

我每次小考都能取得不错的成绩，我也很想参加区里举行的数学竞赛，老师鼓励我如果期末考试我的数学成绩在95分以上，就给我一个参赛名额。可是期末大考，我考砸了。可能是太害怕失去这次机会，考试的时候我总有种紧张感，结果思绪就会打结，脑子里一片空白，题目都做不出来了。这是为什么？我该怎么办？

“瓦伦达心态”是心理学上的一个著名论断。它的起因是这样的：瓦伦达是美国著名的钢索表演艺术家，他以精彩而稳健的高超技艺闻名。他从来没有出过事故。因此，当杂技团某一次要为重要的客人献技时，决定派他上场。

瓦伦达知道这次上场的重要性，全场观众都是美国的知名人物，这次成功不仅会奠定自己在杂技界的地位，还会给杂技团带来前所未有的支持和利益。因而他从前一天开始就一直在仔细琢磨，每一个动作、每一个细节都想了无数次。

演出开始了，这一次他没有用保险绳。因为许多年来他没有出过错。他有百分之百的把握不会出错。但是，意想不到的事情发生了，当他刚刚走到钢索中间，仅仅做了两个难度并不大的动作之后，他就从10米的空中摔了下来，不幸去世。

心理学家说，瓦伦达太想成功了，太专注于事情本身了，太患得患失了。如果他不去想这么多走钢索之外的事情，以他的经验和技艺是不会出事的。心理学家把这种为了达到某种目的总是患得患失的心态定名为“瓦伦达心态”。

大部分同学都会有这种情况，平时测试成绩不错，但是一旦面临期末考或者学科竞赛，就会临场发挥失常，没有达到平时的水平。这就是典型的“瓦伦达心态”在作怪。

无论是考试，还是面临一些比较重要的事件，有些心理素质比较差或者不懂得自我心态调整的同学，都会或多或少出现与平时不太一样的状况。你平时的成绩不错，相信你也是把学习当成一种乐趣，学习成绩对于你来说，是次要的，你注重的是学习的过程。每次小考，你都没有任何心理负担，成败无所谓，抱着这种心理和平时的刻苦，你都能取得不错的成绩。可是，一旦你把成绩当成目标，害怕失败，害怕成绩不好的时候，考试的过程就成了负担。因为你并没有把心思放到考试的过程之中，反而总是在潜意识里暗示自己不能失败，偏偏这种心理，让你真的失败了，因为你有心理负担。而每当人们有心理负担的时候，一些明明能做好的事情，偏偏就做不好了。

无论我们面临什么考试，都要用一种平常心对待，不要过多考虑考试的结果，而是享受考试的过程，那么这个过程会是轻松的，结果甚至比我们之前所预料的还要好。正如有些同学心理素质好，虽然平时成绩中等，可是往往到了大考的时候，能出乎意料考出一个超乎平常的好成绩。同样的道理，在生活中，无论面临何种变故、何种挑战，我们都要保持冷静，沉着应对，相信任何难题都能够迎刃而解。

记住法拉第说过的那句话：“拼命去争取成功，但不希望一定会成功，结果往往会成功。”

过去的自己只是成长的垫脚石，今天的你才是主角！

错过那趟车，也不一定会迟到

□刮油二姐夫

早上送孩子上学，出门有点晚，路上我们俩又聊到最近好玩的游戏，脚步就慢了一些。等目送他进了校门，我一看表，比平时晚了近10分钟。

我上班搭乘地铁的时间一般是固定的，到单位打卡时都是8点前后不超过两分钟，我还可以悠闲地吃个早点。今天晚这10分钟，就差了至少两趟车，加之我中途还需换乘两次，那可能就更晚。想到这些，我加紧脚步奔赴地铁站。上了第一趟地铁，让我追回了3分钟，换乘时刚走到站台，恰逢一辆车进站，赶紧钻进车厢，下车后又加速行走。站在打卡机前时，时间显示8点整，跟往日一样，一分钟不差。

我终于松了一口气。

想起来，不着急其实也没事，不但不吃早饭不算什么大事，甚至迟到几分钟也不见得有多大问题——扣钱反正都是自己担。虽然道理都懂，但那种紧迫感经常因为一些小事涌出来，拦也拦不住。

这急迫感的来源，跟性格有关，但恐怕有更重要的原因。

在荷兰时，经熟人引荐我认识了一个朋友，他仅长我4岁，却已经是知名青年画家，旅居欧洲多年。聊天时，我发现他对事物的看法很有深度，观察的角度也很独到，让我受益匪浅。

我本以为他出身于绘画世家，他却告诉我他家人都从事普通职业，当年他甚至连高中都没考上，只上了个职高。这让我很吃惊。

他说："我最感谢的是我父亲。当年中考时我考得很差，非常沮丧。但我父亲跟我说，中考虽然很重要，但远没有达到能操控人生的地步。别说中考，高考也是。于是我才继续走下去。事实上我学画的过程中也碰到了很多困难，我本来起步就晚，没有基础，也非出身世家，我父亲，包括我全家，都不能在专业上给我指导，但没有父亲，我走不到今天。"

如果20年前，有人这么跟我说，我恐怕要大笑着鄙视这种阿Q精神；而在那个午后，我为自己刚才的吃惊感到羞耻。

"我一直记得我父亲说过一句话：输不输的，你说了算。"

朋友说起这句话时，眼睛里闪着光。

我希望自己永远记住这一句话：输不输的，你说了算。不论处于什么境况，都不要随便自我评判，不要轻易为自己下定论，永远有追寻的动力，有保持前进的心。

因为错过那趟车，也不一定会迟到。

情绪小纸条

空船效应

《庄子•山木》里有这样一则故事：

有人正在船上渡河，突然发现前方有一条船向他驶来。尽管他多次呼喊提醒，但前方的船似乎没有任何回应。看到船只撞来，这个人勃然大怒，开始愤怒地斥责船上的人。然而，当他发现那条驶来的船竟然是空的时，突然间怒火消失得无影无踪。

这个故事后来被延伸为空船效应。空船效应说明，许多时候，我们愤怒并非因事情本身，而更多地取决于我们对事件的看法和心态。当感觉他人故意针对自己时，负面情绪瞬间被点燃；若认定对方无心，情绪反应则平和许多。所以，我们面对任何事情，都不要着急做主观臆断，别让消极想法占据心灵。

学会真诚地道歉。

“对不起”应该怎么说

□杨天真

“对不起，我错了，你都是对的。”听到这个道歉，你会如何回应？反正如果是我，我会“炸”。那么，为什么对方已经道歉了，结果却会让人更不爽？问题出在态度上。

在情感沟通的过程当中，道歉是一种强表达，是一种修复，其诉求是征得对方的理解、谅解以及和解，从而在情感上再次回到同一阵营。

“对不起，我错了，你都是对的。”这句话里，最让我火大的是这个“都”字。“都”意味着道歉的人根本就不知道自己为什么要道歉，甚至带有内心的“我很不情愿”和“好吧，就这样吧”。真诚的道歉一定是你真的意识到自己给对方带来了伤害，或者把事情搞砸了，而不是你觉得自己没有错又不得不站出来。如果你都没有说服自己，那就不要急着道歉。在说出“对不起”之前，把思路理清楚，这样态度才会明确。态度够真诚，对方才能真正感受到你的真诚。

“对不起，我错了。但是如果你当时态度好一点，我也不会说这样的话。”

“对不起，我错了。可是如果我当时就告诉你，你肯定会反对的。”

“对不起，我错了。不过这件事不是已经得到处理了吗？”

这三句道歉为什么听起来不但没有得到情感抚慰，反而好像更让人生气呢？关键是后面的那句话，道歉的核心不是那句“对不起”，而是“对不起”之后的内容。真诚的道歉要找的是原因，而不是借口——借口是你把责任推到别人身上或者推给外界，而原因是从自己身上寻找。

“对不起，我错了。但是如果你当时态度好一点，我也不会说这样的话。”这

是借口。“对不起，我错了。当时我确实没有控制好自己的情绪，一时冲动了。”这是原因。

“对不起，我错了。可是如果我当时就告诉你，你肯定会反对的。”这是借口。“对不起，我错了。当时我没有在意你的感受，没有将实情告诉你，也没能及时了解你对事情的真实想法，是我对你不够尊重。”这是原因。

“对不起，我错了。不过这件事不是已经得到处理了吗？”这是借口。“对不起，我错了。当时如果一起想办法、一起解决，结局可能会更好。”这是原因。

在道歉的逻辑里，反思的出发点不是对方，而必须是自己，只需要思考自己是不是确实有做得不好的地方。对方可能也有问题，但是真诚的道歉一定会同时给对方提供反省和思考的机会。

如果能够端正态度并找出自己的原因，道歉就已经非常真诚了。如果你不满足于此，那道歉时还有一个重要的元素需要注意，那就是一个建设性的解决方案。如此，就是一个接近完美的道歉。

提出解决方案就是主动承担责任。道歉可以让沟通重启，而解决方案可以让沟通更快地朝正确的方向进行。“亲爱的，对不起，今天我实在太忙了，晚饭和电影爽了你的约，下次不会了。”这是一个真诚的态度。其实更好的表达是：“亲爱的，对不起，今天晚饭和电影是我爽了你的约。我查了一下日程，这个周六我没有工作，我会预订好餐厅和电影票，如果你那天也有空，我们把今天的补上。”真诚的态度、自己的原因、解决的方案，全齐。我想，不论是谁听到这样的道歉都不会有太大意见吧？如果还不满意，那就不是这件事的问题，而是人的问题了，也就不仅仅是道歉可以解决的了。

很多时候，压垮一个人的不是事情本身，而是情绪。

西西弗斯的松弛感

□石 头

65分！试卷上的数字让小明绷紧的神经嗡嗡作响。为了这次考试，他倾尽全力，提前一个月开始复习，每天学到深夜，就是为了证明自己，结果却换来这样一个成绩。小明不甘心，于是他延长复习时间，加大刷题量。终于又一场考试来了！但试卷发下来的那一刻，小明心跳得飞快，大脑一片空白，他僵在考场上……

如今的学生面临着课业、考试、升学等方面的压力，紧张忙碌成为生活常态。但越是这样越要学会放松，松弛感会让我们面对压力时仍能从容不迫。

那么怎样获得松弛感呢？首先需要认识到，只有当我们对事物拥有掌控力的时候才能感到松弛。如果一个人经常做西红柿炒鸡蛋这道菜，炒制程序烂熟于心，即过程可控，那么他大概率是松弛的。其次，松弛感源自安全感，比如“家”就是一个典型环境。如此看来，只要我们能掌控自己的生活，就可以轻松获取松弛感。

可事情真的如此简单吗？小明的经历仿佛与此相悖。法国哲学家加缪曾讲过这样一个故事：科林斯国王西西弗斯因为得罪了奥林匹斯山上的众神，而被罚推一块巨石上山。每当石头快到山顶时，都会滚回山脚，迫使西西弗斯从头再来，一次又一次永无止境。这象征着：人不断努力寻找目的和意义，终其一

生才发现所有的努力都是徒劳的。人类的渴望和世界的无意义之间的冲突，就是加缪所说的“荒谬”。加缪认为，我们生活在一个不讲道理的宇宙中，但我们依然渴望找到某种解释和秩序。这种矛盾冲突的具象化结果，就是我们面对很多问题时表现出的无能。人妄想通过理性来掌控事物，可并不是所有事物都是可计划的。因此，我们常常感到无力。

说回小明，为缓解考试时的紧张情绪，他练习深呼吸以求达到放松状态，但是一看到考题仍然头脑空白、两眼昏花。小明积极尝试用各种办法改变现状，但结果都不尽如人意。可见，仅凭理性无法掌控生活。我们的理性相较于世界的复杂性，如蚂蚁比之大象。一个问题被成功解决，可能是因为我们正好“押中题了”，在正确的环境、正确的时间做出了正确的决定。更多的时候，我们和西西弗斯一样，一遍遍用理性的方式将问题的巨石推向山顶，巨石又一遍遍滚落。对松弛感的追求也一样，都是妄图用理性去寻找规律，以掌控世界。但现实是，这样很难获得真正的松弛感。

那我们只能时刻保持紧绷吗？不，因为人类有意识和意志。

加缪认为，首先要承认生活的荒谬，认识到世界并没有内在的意义。承认荒谬并不消极，而是一种清醒。只有在理解了这一点后，我们才能真正思考和生活。认识荒谬，然后反抗荒谬，这种反抗是通过日常的坚持和勇气来实现的。西西弗斯明知推石上山的努力是徒劳的，但他仍然选择继续，是因为他不屈服于命运的勇气。哪怕生活毫无意义，也要不断奋斗、追求自己的目标。

我想这就是积极的松弛感：虽然世界荒谬，可我们仍有反抗荒谬的能动性。生活的意义由自己定义，所以绷那么紧做什么呢？人生的重点从不在于结果，而在于过程。不计成败得失，松弛感自会悄然而至。

内心丰盈者，独行也出众。

霍金的笑容

□路　明

霍金，这个21岁时被确诊患有“渐冻症”、医生断言“只能活两年”的男人，活到了76岁。

他的成就毋庸置疑：创建了弯曲时空中的量子场论，发展了黑洞理论，写下《时间简史》等一系列著作。

宇宙是一口幽深的矿井，那些在黑暗中闪耀的宝石，只留给最勇敢、最执着的人。自患病以来，霍金的肌肉逐渐无力和萎缩，最后，他只剩下右眼珠能勉强转动，每分钟只能表达一个字母。

霍金并没有被身体的不便限制，相反，他总能以另一种方式吸引公众的眼球。比如，他在《星际迷航》中扮演自己，和牛顿、爱因斯坦一起打桥牌。有人说他是轮椅上的“图腾”，是“被缚的普罗米修斯”；也有人质疑他频繁作秀，利用媒体炒作自己。在我看来，霍金不过是在证明，他是一个正常的人。

霍金不需要怜悯。病魔打不垮他，也改变不了他。哪怕只剩下一只眼珠能转动，他也一样热烈地活着。

为了描述黑洞理论，霍金讲过一个故事。鲍勃和爱丽丝是一对宇航员情侣，在一次太空行走中，两个人接近一个黑洞。突然，爱丽丝的助推器失控了，她被黑洞的引力吸引，飞向黑洞的边缘（视界）。由于越接近视界，时间流逝得越慢，鲍勃看到，爱丽丝缓缓地转过头，朝着他微笑。那笑容又慢慢凝固，定格成一张照片。爱丽丝面临的却是另一番景象——在引力的作用下，她飞向黑洞的速度越来越快，最终被巨大的潮汐力（引力差）撕裂成基本粒子，消失在最深的黑暗中。这就是生死悖论。爱丽丝死了，可在鲍勃眼中，她永远活着。

有一次，我在课堂上讲起这段生死悖论，突然哽咽。我仿佛一下子明白了，爱丽丝不是别人，正是霍金自己。他见过最深的黑暗，经历过最彻底的绝望，依然怀有巨大的勇气。在万劫不复到来之前，他转过头，用尽力气微笑。

只要用心去感受，你会发现，幸福一直都在你的身边。

幸福的汽水

□林清玄

我小时候对汽水有一种特别奇妙的向往，原因不在汽水有什么好喝，而是由于喝不到汽水。我们家是有几十口人的大家庭，小孩依次排行就有十八个之多，记忆里东西仿佛永远不够吃，更别说是喝汽水了。

有一回，我走在街上，看到一个孩子喝饱了汽水，站在屋檐下打嗝，嗝——长长的一声，我站在旁边简直看呆了，忍不住忧伤地自问道：什么时候我才能喝汽水喝到饱？什么时候才能喝汽水喝到打嗝？因为在读小学的时候，我还没有尝过喝汽水喝到打嗝的滋味，心想，能喝汽水喝到打嗝，不知道是何等幸福的事。

在小学三年级的时候，有一位堂兄快结婚了，我躺在床上发愿：明天一定要喝汽水喝到饱，至少喝到打嗝。

第二天我一直在庭院前窥探，看汽水送来了没有，到上午九点多，看到杂货店的人送来几大箱的汽水，堆叠在一处。我飞也似的跑过去，提了两大瓶的黑松汽水，就往茅房跑去。彼时农村的厕所都盖在远离住屋的几十米之外，有一个大粪坑，几星期才清理一次，我们小孩子平时很恨进茅房，因为里面实在太臭了。但是那一天我早计划好要在里面喝汽水，那是家里唯一隐秘的地方。

我把茅房的门反锁，接着打开两瓶汽水，然后以一种虔诚的心情，把汽水咕嘟咕嘟地往嘴里灌，一瓶汽水一会儿就喝光了。几乎一刻也不停，接着，我把第二瓶汽水也灌进腹中。

我的肚子整个胀起来，我安静地坐在茅房地板上，等待着打嗝。慢慢地，肚子有了动静，一股沛然莫之能御的气翻涌出来，嗝——汽水的气从口鼻冒了出来，冒得我满眼都是泪水，我长长地叹了一口气："这个世界上再也没有比喝汽水喝到打嗝更幸福的事了吧！"然后朝圣一般打开茅房的门闩，走出来，发现阳光是那么温暖明亮，好像从天上回到了人间。

在茅房喝汽水的时候，我忘记了茅房的臭味，觉得自己是世上最幸福的人。一直到今天我还记得那年叹息的情景，当我重复地说："这个世界上再也没有比喝汽水喝到打嗝更幸福的事了吧！"心里百感交集，眼泪忍不住就要落下来。

真正的危机感，不仅是一种动力，还是一种新生。

冲向火场的鸟

□赵盛基

动物都怕火，但是，在非洲的赞比西河流域有一种鸟不怕火，当地人叫它火鸟。

这些鸟栖息在赞比西河两岸的草原上，它们体型不大，只能以草原里的蚂蚱、甲虫等小型昆虫为生。

虽依托大河，但因天干物燥，草原常常被蒸发掉大量水分，变得枯焦，一旦遭遇雷击就会起火。而且火借风势，风助火威，熊熊大火很快就会蔓延开来。

飞禽走兽唯恐避之不及，飞的飞，跑的跑，纷纷逃到了远离火场的地方。就是那些飞不高、跑不快的昆虫也争先恐后地向火场外蹦跶。大火不断向四周扩散，它们就不停地向外蹦跶，生怕大火撵上它们。结果，火场周围熙熙攘攘，“虫”山“虫”海，全是争相逃命的昆虫。

就在它们纷纷逃离火场的时候，远在3千米之外的火鸟嗅到了气息。奇怪的是，它们不但没有加入逃跑的队伍，反而成群结队地向火场飞来。

来到火场上空，它们迅速俯冲下来，向正在火海边沿奔逃的昆虫一阵猛啄。平时，哪能遇到昆虫这样集中的机会啊！所以，它们抓住机会，好一顿享用。

时间长了，火鸟也受不了大火的炙烤，它们就不时地飞离一会儿，等凉快透了再返回来，继续大饱口福。

险境，有人只看到了危险，而有人却发现了绝佳机会。

生活再苦，也不能放弃自己。

“急性子”和“慢性子”

□王　苹

《笑林广记》中有一则题为《爇衣》的笑话，说的是两个人冬日围炉饮酒，一个急性，一个慢性，谈话免不了磕磕绊绊，所以慢性者在看到火烧了急性者的衣服“已久”时，还能稳坐炉前，按兵不动。

等到看得差不多了，慢性者这才从容将此事告知急性者，语气中是一副事不关己、高高挂起的闲散劲。他与急性者商量道：“兄台，有一件事，看到许久。想要说呢，怕你着急上火，不说吧，又觉得或许于兄不利。那么，到底是说呢，还是不说呢？”这一番费劲的解释，直接让性急者迫不及待甩出简简单单两个字：“何事？”慢性者这次倒是简洁：“火烧君裳。”这四个字几乎让急性者一脚踏翻了火炉，他将衣服拽起并扑灭火之后，心里的愤怒还没有消失。在他指责慢性者为何不早说时，慢性者竟倒打一耙：“外人都说兄台急性，今日看来，果不其然。”

这一句，可谓将之前慢赏火烧衣服时的小心计，给洗得一干二净，所有过错，都指向急性者。一疾一徐，即便是同向而行，也极有可能彼此不再相见。所以，看似一件小事，却可窥出两人之后的道路，那点一同取暖喝酒的情谊，经此一劫消失得无影无踪，只留下那点怨恨在彼此心中。

不过，急性慢性伤及情谊不要紧，只要继续寻找，总能遇到同道中人。

你当善良，且有力量！

别人对你的态度，是你允许的

□谢可慧

许多年前，看到过一个帖子。一个家长在论坛上提问，大致情况是：儿子上五年级，班上有个男生总是欺负他。

每天放学回家，儿子的衣服上都是各种钢笔画的图案，十分难洗。和老师说了，老师只是批评批评就过去了。

身为母亲，每次看到儿子郁闷的表情，心里都很难过，也不知道怎么开导他。我记得下面清一色的是建议，诸如转学啊，给老师打电话啊，只有一个人说，他敢在你儿子身上随便乱涂乱画，事实上，是你儿子默许的。

我想起一句话，不要小看自己在每一件事上的态度，因为很有可能决定着未来别人对你的态度。

我小时候，是个特别懦弱的人。虽然在多年之后，骨子里依旧还有年幼时懦弱的残渣，但已经褪去了原来的默不作声。

我要感谢我小学时候的班主任。她是一个温暖但特别有原则的人。当时班上有一个男生，特别喜欢欺负女同学，最喜欢欺负的就是我了。因为我不爱说话。

有一次，那个男同学揪我辫子的时候，班主任路过，班主任没有把那个男生叫出去，倒是先把我喊到了门口。“他揪你的头发，你痛不痛？”班主任问。我点点头。“你为什么不说？”“我怕破坏与同学的关系。”老师叹了口气：“他一直欺负你，你以为同学关系就会好了吗？”我摇摇头。我也是从那时开始懂得，逆来顺受，从来不会让事情变好，只会让自己变得更加糟糕。

后来，我发现：当我开始反抗时，那个男生竟然收手了。

工作以后，我的信箱里，每天都堆满许多邮件，向我咨询：为什么我做了让步，得到的只有对方变本加厉地对我不好？

你是不是从来没有告诉别人你的情绪？你是不是从来没有为自己的不高兴而反抗？

你是不是从来都只是忍了，然后万般委屈只往自己心里灌？

你看起来那么平静，那么温和，那么忍耐，大风大浪里就算栽了跟头，也从不抗争，所以你容易被圈禁在他的笼子里。

我常常觉得，人与人之间，就像一场拔河比赛，势均力敌的感觉最好，你获得尊重，他也获得欣赏。

你的力量，决定着这场比赛里，无论输赢，彼此是否都光彩无比。林徽因有一句话是：温柔要有，但不是妥协，我们要在安静中，不慌不忙地坚强。

你要生动而有灵气，随时高兴，随时难过。所有让你反感的事，你都义正词严地提出来；所有让你讨厌的事，你都尽力寻求一切帮助；所有让你不愉快的事，在没有触犯法律的前提下，要养成一种驱逐力。那不仅是一种本事，更是一种原则。

你的态度决定别人对你的态度，成长，就要成为有血有肉有脑子的人，懂得有血有肉有脑子地活着。

成功的法则应该是放松而不是紧张。

野羚牛的迁徙

□程　刚

西非大草原上的野羚牛每年要进行一次长途迁徙，这一次迁徙，与其说是生存的需要，不如说是生命的考验。它们在首领的引导下，过险阻，越高山，还要突破各种天敌的围追堵截，可谓九死一生。

奇怪的是，到达目的地的野羚牛，有的瘦骨嶙峋，甚至死亡，而有些则膘肥体壮，生命力十分旺盛。同样是长途奔走，为什么有如此大的差别呢？原来，野羚牛是分批向迁徙地进发的，一个片区内数量达到一定规模时，首领便会带着这个批次的野羚牛出发。

在出发的过程中，首领的带队风格却不太一样，有些首领上路以后，十分心急，每天除了进食补充能量，就是不停地奔走。结果，它们很快到达目的地，尽管那里水草丰盛，但它们经过的苦难实在难言。

有些批次的首领却截然不同。只见它所带领的群体，有秩序地走在迁徙的路上，遇到水草丰盛的地方，这个首领便会停下来，享用一下美食，而其他野羚牛便会学它那样，也停下来享用。几天以后它们再出发，如果路上再遇到水草丰盛的地方，它们依然会停下来，补充身体所需的能量……虽然这样一路走走停停，但最终也会顺利到达目的地。

野羚牛迁徙，同样到达了目的地，有的走得很累，有的走得很潇洒，这对我们人生有着非常大的借鉴意义。其实，每个人心中都有一个目标，但在奔向目标的过程中，一定要学会放松，不要一味狂奔，别忘了领略一下生命沿途的风景。

你的性格最像哪种花？

在鲜花界，每一种鲜花都有他们独特的性格哦！如果用鲜花类比，你的性格像什么花呢？仅供娱乐，一起来测一测吧。

1. 面临选择时，你通常是：

果断直接——转第2题　犹豫不决——转第3题

2. 如果别人说了某句话，让你觉得不是很爽，你会：

怼人——转第4题　忍了——转第3题

3. 如果有人找你帮忙，你的态度更倾向于：

能帮就帮——转第5题　能免则免——转第4题

4. 你是一个说话比较直接的人吗？

是的——转第7题　不是——转第5题　不确定——转第6题

5. 你认为生活中的你更像哪种动物？

狼——转第6题　羊——转第7题

6. 如果在外面吃饭，结账后发现店家多收了你几块钱，你会：

跟店家再确认——转第7题　几块钱就算了——转第8题

7. 你的异性缘好吗？

好——转第9题　不好——转第8题

8. 面对你讨厌的人时，你会表现出来吗？

会——转第10题　不会——转第9题

9. 什么是你前行的最大动力？

理想——转第10题　感情——转第11题

10. 你得不到的东西，你也不希望别人得到？

是的——结果A　不是——转第12题

11. 你的性格比较安静内敛？

是的——转第13题　不是——转第12题

12. 你更倾向于：

比较依赖——转第15题　比较独立——结果G

13. 当你不开心的时候，你更可能会：

远离人群——结果C　和人聊聊——结果B

14. 你更倾向于是：

现实主义——结果D　浪漫主义——结果F

15. 通常面对一项新的任务，你常常是比较有信心的？

不是——结果E　是的——转第14题

A. 牡丹

你凡事都追求完美，不管是对自己还是对他人要求都很高。你能够畅所欲言地表达自己的观点，却很不善于表达自己的感情。你有很强的占有欲。

B. 郁金香

你的心中有坚定的对理想的追求，这个永不磨灭的信念会带给你巨大的力量，战胜一切的磨难。在人际方面，你属于比较受欢迎的那种，并不一定是你的朋友很多，而是你和对方能够推心置腹地相处。

C. 兰花

和兰花一样，你天生具有一种脱俗的气质。你喜欢过与众不同的生活，你最接受不了的，就是和很多人在同一个地方做相同的事，你觉得那种无趣的生活会让你窒息。你往往给人一种神秘莫测的感觉。

D. 石竹花

你踏实低调，就像石竹花一样，但是你并不安于现状，你相信自己的能力，也渴望得到他人的赏识和认可。一旦你决定了某件事，就不会轻易改变。

E. 百合花

你天真单纯，性格中很可能有着弱势的一面，在群体中往往是需要被呵护的对象。温和的你内心其实并不是很自信，在问题面前容易慌乱，需要别人的肯定。

F. 紫罗兰

你生性浪漫，喜爱幻想，浪漫的紫罗兰最适合你。你的性格有些内向，与人交往时，内心深处会感到不由自主的紧张，所以你通常会更喜欢待在自己的小世界。

G. 玫瑰

玫瑰的气质体现了张扬与自主。你是积极自信的，相信自己是特别的存在，在很多事情上，你更愿意靠自己，不喜欢依赖他人。你总是生活在现实里，只要是你想要的东西，你会通过自己的努力去获得。

第四章

别让心态毁了你

调节好心态

塑造好性格

培养好习惯

我也没有办法。

都是运气不行。

我就是没用的人。

我为什么老爱抱怨？

画重点

不抱怨：学会欣赏，内心向阳

不冲动：控制脾气，做事理智

不嫉妒：欣赏优秀，自我提升

不勉强：善待自己，学会和解

不逃避：直面问题，迎接挑战

内心富有的人，才是真的富有。

我们多么穷啊

□[巴西]保罗·科埃略　陈荣生/译

一天，一个富有的爸爸带着儿子进行了一次乡村之旅，他想让儿子明白乡下人是多么贫穷。

他们在一个简陋农场的农舍里待了一天一夜。在回家路上，爸爸问儿子：“你觉得这次旅行怎么样？”

儿子回答：“非常好，爸爸。”

爸爸接着问：“你有没有注意到乡下人是多么贫穷啊？”

儿子答道：“是的，或许是吧。”

爸爸追问道：“那么你都学到了些什么？”

关于这个，儿子想了一会儿，慢条斯理地回答道：“我们家只有一只狗，而他们却有四只。”

“我们花园里有一个喷水池，而他们却有一条没有尽头的小河。”

“我们花园里有色彩夺目的灯笼，而他们却有无数闪亮的星星。我们院子的尽头就是花园，而他们的后院却有开阔的田野。”

儿子说完后，爸爸无言以对。儿子还说道：“谢谢你，爸爸，你让我明白了我们是多么贫穷。”

一切在于看待问题的方式，难道不是吗？

如果你拥有了爱、朋友、家庭、健康、幽默和积极的态度，你就拥有了一切。

这些东西是金钱买不到的。你可以拥有你想象中的任何物质财富，以及为将来做的储备，但假若你精神贫乏，就真的一无所有。

看清人生真相，依然热爱生活。

乐观的根据

□史铁生

有位西方艺术家说，生活分为两种：一种叫作悲惨的生活，另一种叫作非常悲惨的生活。怎么办呢？他说，艺术可以使我们避开后一种。

东方思想中也有这样的意思：生即是苦，苦即是生。总之，人只要活着，困苦就是逃不脱的。那么死呢？死，能否让人逃脱这苦难的处境？比如说，给它来个“白茫茫大地真干净”，行不？说说行，想想更行，但你信不信其实不行？除非你能从“生”逃进“死”，从“有”进入“无”。

什么？这么简单？那你就先说说怎么从“有”进入“无”吧。“无”在哪儿？“无”即没有，可你又如何进入一个没有的地方呢？好吧，就算你真的进入了，可随之那儿就不再是“无”了，而必会呈现为另一种状态的“有”。所以出生入死也就无望——“死”要么是另一种形式的“生”，要么就得是“无”，而“无”，我们已经说过了，是没有的。

这便是人的处境，在苦逃！问题在于：面对一条难逃之路，是歌而舞之、思而问之地走好呢，还是浑浑噩噩、骂骂咧咧地走好？

无论怎么走，似乎都有无奈的成分。是啊，即便大哲尼采的“酒神精神”，其中也可见此无奈。不过，为什么无奈你可想过？想想吧。

一定还是有个企盼不肯放弃：终点。一定还是有种疑虑不能消除：走到哪儿算个头儿呢？这可真是此在生命的逻辑给我们留下的顽固遗产。其实，有谁看见过“头儿”吗？

终点，若非“无”，就不能算是终点；若是“无”，那就还是没有的啊，兄弟！放弃你那顽固的遗产吧，或把它再扩展一步：永远的道路，这难道不比走到了头儿好得多？

所以生命也分为两种：一种叫作有限的身在，一种叫作无限的行魂。聪明人已经看见了乐观的根据。

宇宙还挺谦虚，明明拥有一切，却叫太空。

难过的时候，从宇宙里找到安慰

□夜　读

自古以来，宇宙便对人类有着无穷的吸引力。这也许是因为，当望着天上的日月星辰，在广阔而恒久的宇宙面前，烦恼和忧愁似乎也变得微乎其微。送给你一些关于宇宙的温柔句子，一些被宇宙“击中”的瞬间。

1. 宇宙就是一行诗，我们每个人都是一个字，这些字组成一个个句子，这首诗就能一直写下去。当这首诗写得足够长，总有一天，我们可以在这首宇宙之诗里，读懂我们存在的意义。

2. 夜晚用星星的献礼包裹天空。在这样的时刻，一个人会想起身，向时代、历史、宇宙说话。

3. 孤月沧浪河汉清，北斗错落长庚明。

4. 对待自己温柔一点，你只不过是宇宙的孩子，与植物、星辰没什么两样。

5. 你身体里的每一个原子，都来自一颗爆炸了的恒星，形成你左手的原子，可能与你右手的来自不同的恒星。这是我所知的关于物理的最有诗意的事情：你的一切都是星尘。

6. 一开始，世界上只有氢，恒星内部的聚变到铁为止，金、铂这样的重金属元素只能来自超新星爆发这种宇宙中最绚丽的“葬礼”，也就是说，如果你送了女孩一枚铂金的戒指，她就戴上了一块星星的碎片。

不要懊恼，这是一个广阔的世界，
不必沉浸在自己的悲伤里。

打瞌睡的风

□尤艳芳

风和小孩子一样，也要去上学。

风要学的东西太多了。它们要学习辨认方向，该吹南风的时候，不能吹成北风；该吹东风的时候，不能吹成西风。

它们还要学习使用自己的力量。比如，用多大的力气吹到人的脸上，会让人觉得又温柔又舒服；用多大的力气，能把蒲公英吹到它们想去的地方；用多大的力气，能让饭菜的香味从窗口飘出去……

把这些本领全都学会了，风就可以去外面闯荡了。可是，有些风不喜欢学习，会偷偷地从学校溜出去。嘘！现在就有一阵风从墙壁的缝隙跑出来了。

一个小男孩正在挑风车，风呼地一吹，风车就转起来了。

“看看！我这些风车转得多……”老板的话还没说完，风就打起了瞌睡，风车全都停止转动。

“你的风车都是坏的，我不买了。”小男孩气呼呼地走了。

风吐吐舌头，继续往前跑，忽然听见有人在呼唤它：“风啊，你怎么还不吹起来呢？”一个小女孩举着风筝，四处寻找风。

风来了，它使劲一吹，就把风筝吹到了高高的天上。

“哇！风筝飞起来了……”小女孩的话刚说到一半，风又打起了瞌睡，风筝晃了一下，一头栽了下来。

卖玩具的老板一个风车也没卖出去，小女孩的风筝也摔坏了，他们俩沮丧地坐在地上生闷气。风看着他们，心里非常羞愧，灰溜溜地去风学堂继续学习了。

如果你们的风车不转了，或者风筝从天上掉下来了，不要沮丧，只是遇到了一阵打瞌睡的风而已，没什么大不了的。

拥有一些哄自己开心的方法。

溺水型心态与郊游型心态

□陶　勇

在听《积极心理学》时，有个特别形象的观点让我记忆深刻，说是现在很多人对幸福的追求分为两种——

一种是溺水型心态，就是永远都像是被人压在水池子里。等我憋着一口气，考上大学就好了；等我憋着一口气，考上研究生就好了；等我憋着一口气，找到好工作就好了；等我憋着一口气，创业就好了；创业以后你会发现，辛苦刚刚开始……溺水型心态是不行的。

另一种是郊游型心态，就是整个环节从过程到结果都是快乐的。就像我们童年听到春游的通知会开心得跳起来，回到家会快乐地做准备，然后坐上大巴愉快地和同学们聊天，到了目的地后的每一刻也都十分兴奋，整个过程都充满幸福的感觉。

我们的人生目标，可能是山顶，是那个快乐的巅峰，但是在这个路途中，我们应该随时都能够享受其中的快乐，上山是快乐，下山也是快乐。这就需要我们努力培养“郊游型心态”。

世上没有完全相同的两片树叶。果然，适合自己的才是最好的。

取别人之长，未必能补自己之短

□任万杰

德布罗意进入巴黎大学学习历史，为了有所成就，他先后读了很多历史方面的书，可是成绩一般。为此，他向第一名的同学取经，学习人家的小字条记忆法。可是，他对历史的兴趣不高，而且记忆力不行，所以成绩还是不行。为此，他感到非常苦恼。

朗之万是当时著名的物理学家，德布罗意听过多次朗之万的演讲，渐渐与朗之万认识了。带着自己的困惑，德布罗意找到朗之万，问：“我很努力，也学习了别人的长处来弥补自己的短处，可是效果为什么不明显？”

朗之万说：“有一只青蛙，一直怕自己被蛇吃。它心想，青蛙被蛇吃，主要是因为青蛙在地面上，如果青蛙有了翅膀，蛇就吃不着了。为此，青蛙向鸟学习如何生长出翅膀。最终，青蛙长出了翅膀。就在青蛙高兴的时候，一条蛇过来了。青蛙想飞翔，可是它不会飞。这时，青蛙想起跳跃，可是它已经不会跳跃了，所以被蛇轻松吃掉了。青蛙是这样，人也不例外，不要老想着取长补短，找到适合自己的才是最好的。”

从此，德布罗意改变了方向，开始研究物理，他展现出物理方面的才能，成为波动力学的创始人、物质波理论的创立者及量子力学的奠基人之一，并于1929年获得诺贝尔物理学奖。

我们为了成长，总想着取长补短，其实取别人之长，未必能弥补自己之短，适合自己的才是最好的。

向内反省，向外兼容。

杜甫给晚辈的“又呈”之信

□北　原

杜甫有个晚辈姻亲叫吴南卿，在州府做参谋，杜甫称他为吴郎。有一年秋天，吴郎要在夔州住一段时间，杜甫决定把夔州的瀼西草堂借给他住，自己则搬去邻近白帝城的茅屋。他以诗代信，给吴郎留下一首名为《简吴郎司法》的信诗。

瀼西草堂的门前有许多枣树。以往每到枣子成熟的季节，附近的穷人就会来打枣，杜甫从不干涉。但是，吴郎住进草堂以后，就在草堂周围圈上篱笆，不让他们打枣。于是，他们便跑去向杜甫诉苦，称若不是因为常年战乱，他们也不至于穷到打枣充饥的地步。

杜甫觉得吴郎圈篱笆的做法不近人情，便决定给他写封信，劝告一番。这次，信的题目却没写成《又简吴郎》，而是写成《又呈吴郎》：“堂前扑枣任西邻，无食无儿一妇人。不为困穷宁有此，只缘恐惧转须亲。即妨远客虽多事，便插疏篱却甚真。已诉征求贫到骨，正思戎马泪盈襟。”

吴郎本是杜甫的晚辈，理当用“简”，而杜甫却用了平辈和上级之间的“呈”字，整封题作写得委婉动情，不见半句指责，而是用自己对穷人的怜悯之心感化吴郎。

吴郎看到杜甫的信后，意识到自己太小气了，当即拆了草堂门前的篱笆，并亲切邀请邻居们前来打枣。

放不下仇恨，会让荆棘爬满自己的心。

永远不要拎着垃圾走路

□CC

看到这样一幅漫画：一个愁容满面的男人拎着几袋东西在路上走着，丝毫没有注意到周围人异样的眼光。而他手里的东西，散发出阵阵恶臭，将路人熏得掩住了口鼻。

有人忍不住提醒了他，男人才惊觉，自己一直在拎着垃圾走路。

生活中，很多人也有“拎着垃圾走路”的经历，比如遇到了一些破事，就会连着好几天闷闷不乐；经历了一次遗憾，还会时不时暗自伤神，不肯释怀；碰到了不讲理的人，就使劲跟对方争执，非要辩个是非对错……这些坏情绪、小遗憾，本质上跟垃圾并没有任何区别。但很多人还是喜欢将它们拎在手上，迟迟不肯放下，最终导致自己也被臭气熏染。

1.不要用一时的挫折内耗自己

听过一个观点：人可以有挫折，但不能有挫折感。所谓挫折感，是人在遇到困难或失败时，产生的失望、沮丧、自责或无力感。人一旦深陷挫折感中，就很容易被挫折击垮，从此一蹶不振、灰心丧气。

一个名为霍华德的作家痴迷于小说创作，但在很长一段时间里，他接连写的几部作品，都被出版商拒稿了。面对这种打击，霍华德整日整夜地忧心不已，甚至笃定自己无法再写出优秀的作品。

就在他收到最后一封退稿信的时候，他对人生彻底失望，直接朝自己开了一枪。

另一个是作家托马斯·卡莱尔的故事。托马斯·卡莱尔40岁那年，写出了自己人生中第一本著作。

写完最后一页，他激动不已，手稿都没收，就跑到了院子里散步平复心情。

结果在他离开书房后，一阵大风吹过，将他的手稿悉数吹进了火炉里。卡莱尔回来后，看到作品已化为灰烬，崩溃不已。但痛定思痛后，他决心让这件事翻篇，继续投身于新的创作。

终于在继续努力了三年之后，他凭借著作《法国革命》一举成名，成为享誉世界的作家。

第一个故事里的作家，深陷挫折感中，最后付出了生命的代价；而第二个故事里的作家，则是将挫折视作一段人生经历，他果断将经历翻篇，故而有了后来的成就。

所以说，被人生的坎坷推到地上之后，是破碎，还是重新弹起，全看我们如何选择。真正聪明的人，永远懂得朝前走、向前看，不会让自己沉浸在挫折感之中。

而你若不想在挫折中一直徘徊，那就赶紧摆脱内耗的包袱，去选择愈挫愈勇的人生吧。

2.不要对曾经的遗憾耿耿于怀

印度有位哲学家，深受一位女子的倾慕。

一天，女子大胆找到哲学家，说想嫁他为妻。哲学家却说要再考虑考虑。

结果哲学家考虑了十年，才下定决心娶那位女子。

此时女子早已成婚，还有了三个孩子。

哲学家知道后，几近崩溃，两年之后，他就抑郁而终了。

临终前，他将自己所有的著作丢入火堆，只留下一句对人生的批注：

如果将人生一分为二，那么我们前半段的人生哲学应该是“不犹豫”，而后半段的人生哲学应该是“不后悔”。

在一切还来得及之前，就要拼尽全力去抓住、去挽救。

可若一切已成往事，那就应努力去释怀，不要再拿过去的记忆来折磨现在的自己。人生总有遗憾，若不能及时释怀，就会错过更多。

日子总是要往前走的，你若老是回头看，只会让此后的人生也重复过去的悲剧。

越是在一件憾事上耿耿于怀，越会让自己痛苦不堪。学会释怀，懂得算了，才是对自己最好的救赎。

有些植物，也做不成朋友。人与人交往，要知分寸，懂尊重。

植物冤家

□翁德汉

去年，我在地头种了两棵冬瓜苗，引导瓜藤往边上乱石区域攀爬，最终收获了四个大冬瓜。虽然自己没有吃着，但成就感爆棚。今年我在同一个位置，又种植了两棵冬瓜苗。

有一次，发现在乱石区域那一头出现几棵瓜苗，我还以为邻居向我学习，也种冬瓜。后来才知道，邻居种的是南瓜，看架势瓜苗打算往这边爬了。我也不在意，反正该区域足够大，可容纳不少南瓜和冬瓜。

夏天的瓜，无论是丝瓜、黄瓜，还是冬瓜、南瓜，都想扩大自己的地盘。自家地小，每个区域都精打细算，各有自己的作用。瓜苗的头稍微歪一点，我就让它走设计好的道路，只能往乱石区域而去。我想我的冬瓜藤长冬瓜，邻居的南瓜藤结南瓜，冬瓜和南瓜总能分得清楚，到时候各摘各的就可以。

一个双休日，我正在理瓜藤，一个老年村民路过问：“这边是冬瓜，那边是南瓜？”

“是啊！”

“冬瓜和南瓜在一起，不结果的。”

这令我很好奇：“怎么会这样？”村民说：“冬瓜看着南瓜不爽，南瓜瞧

不起冬瓜，都不结果了。”我笑了起来，觉得这说法挺有趣的。

我种植蔬菜瓜果，不为挣钱，只是回归田园生活，果子长多少都够吃。听村民这么一说，我就想看看冬瓜和南瓜之间会发生怎样的故事。

用不了多长时间，冬瓜叶和南瓜叶覆盖了乱石区域。它们的叶子都很大，就算长出瓜果，不扒开也看不到。我每天只有清早和傍晚有空，没时间仔细查看。再说冬瓜是越成熟越好吃，大了，总会露出来的。

某个周六，我去松土准备种其他瓜果的时候，路过乱石区域，兴致来了，我用锄头的柄扒开叶子，却没有发现冬瓜和南瓜。难道它们在一起真不合适？说不定时间还没到呢。

过段时间，我又去仔细看，依旧没有在里面发现两种瓜。我不死心，把里里外外都翻了一遍，靠墙的最里边和爬到墙头的南瓜倒长了好几个，爬到一旁树上的冬瓜藤，上面只孤零零地挂着一枚果子。

这下，我相信冬瓜和南瓜不适合在一起种植了。我查了资料，说两者长在一起，冬瓜需要消耗大量的水分和养分，导致长势变得比较缓慢，攀爬到南瓜藤上，还会消耗南瓜的养分。在冬瓜开花的时候，南瓜的坐果率也就会变得很低，冬瓜的产量也会因此下降，可以说它们是一对冤家了。

除了冬瓜和南瓜，还有很多植物冤家，番茄与黄瓜相处，它们会一起减产；马铃薯同黄瓜为伍，就会得病。另外，玫瑰与百合、仙人掌与多肉、茉莉花与丁香、吊兰与夹竹桃，都不适合种在一起。

实际上，人和人之间亦如此。看对眼的，看上去就舒服；看不对眼的，怎么看都是“窃斧之人”。

所谓的开玩笑，要当事人觉得好笑，才叫玩笑，否则就是言语伤人。

别拿你的“率直”来伤人

□张宝峰

《红楼梦》中，颜值最高的丫头，是晴雯。

晴雯曾备受夸奖与喜欢。凤姐说“若论这些丫头们，共总比起来，都没晴雯生得好”，贾母也说“晴雯那丫头，我看他甚好，（这些丫头）言谈针线都不及他，将来还可以给宝玉使唤的”。护花使者宝玉更是对晴雯百般宠爱，甚至不惜效仿周幽王，撕扇子博美人一笑。

有如此高的人气，晴雯本可以如愿以偿成为宝玉的妾。可惜她“心比天高，命比纸薄”，这个“命”，是丫头的身份，更是率直的性格。因为率直，所以她常口无遮拦，出言不逊。

第二十七回，晴雯一见红玉，便挖苦嘲讽道：“你只是疯罢！院子里花儿也不浇，雀儿也不喂，茶炉子也不爖，就在外头逛。”红玉忙解释说，二奶奶让自己去取东西。晴雯冷笑道：“怪道呢！原来爬上高枝儿去了，把我们不放在眼里。不知说了一句话半句话，名儿姓儿知道了不曾呢，就把他兴的这样！……有本事从今儿出了这园子，长长远远的在高枝儿上才算得。”一面说着去了。红玉听了，“不便分证，只得忍着气来找凤姐儿”。

即便面对主子宝玉和上司袭人，晴雯的刀子嘴依旧“刀刀见肉”。

第三十一回，因为摔坏一把扇子，宝玉说了晴雯几句，这块“爆炭”立马就着了，冷笑道：“二爷近来气大的很，行动就给脸子瞧。前儿连袭人都打了，今儿又来寻我们的不是。要踢要打凭爷去……要嫌我们就打发我们，再挑好的使。好离好散的，倒不好？”气得宝玉“浑身乱战”。

袭人来劝，晴雯掉头就是一番挖苦："姐姐既会说，就该早来，也省了爷生气。自古以来，就是你一个人服侍爷的，我们原没服侍过。因为你服侍的好，昨日才挨窝心脚；我们不会服侍的，到明儿还不知是个什么罪呢！"袭人听了"又是恼，又是愧"。

骂人甚至成了晴雯的一种生活方式，她经常口出恶言。

第五十二回，晴雯生病，吃了药，仍不见病退，一会儿骂大夫："只会骗人的钱，一剂好药也不给人吃。"一会儿骂小丫头们："那里钻沙去了！瞅我病了，都大胆子走了。明儿我好了，一个一个的才揭你们的皮呢！"吓得小丫头篆儿忙进来问："姑娘作什么？"晴雯又骂道："别人都死绝了，就剩了你不成？"

晴雯是我一直非常喜欢的红楼人物之一，因为她的风流灵巧、她的天真率直、她的疾恶如仇……但是，语言是第二张面孔，代表着一个人的教养。林语堂说"晴雯坏处，在其野嘴烂舌"，我深以为然。

即便是那些犯了错的人，也没有承受你"毒舌"的义务。

生活中，总有一些人把没教养当真性情，把粗暴当率直，把毒舌当犀利，当众嘲笑挖苦别人的缺点，张扬别人的失误，对别人的尴尬窘迫视而不见。这并不是真正的率直，真正的率直，不是粗暴地说狠话，而是坦诚谦逊地说真话。不要用语言的刀刃去切割别人的自尊，尽管你有一万个理由。

一味陶醉在自我率直之中，你永远不知道自己伤害过多少人。晴雯的"毒舌"得罪了太多的太太小姐丫头，最后，王夫人听信小人谗言，在她病得"四五日水米不曾沾牙"的情况下，派人将她从炕上拉下来，硬给撵了出去。晴雯最终悲惨地死去。

真正讨喜的显眼包，是懂得把握一些分寸感的。

古代“显眼包”极简史

□张希奥

俗话说，一代人有一代人的“显眼包”。

战国时期最著名的“显眼包”自然是秦武王。《史记》记载，秦武王力气大，又爱比武角力，大力士任鄙、乌获、孟说都在他的手下做了大官。有一次，秦武王与孟说比赛举鼎，一不小心弄断了自己的小腿骨，没多久就死了。此后，“举鼎绝膑”便用来形容能力小，不胜重任。这放在显眼包界，也是相当“炸裂”的。

西晋时期有两位名人：一个叫王恺，是武帝的舅舅；一个叫石崇，也是世家子弟。两人都爱炫富，没事就玩“比比我们谁更有钱”的小游戏。

有一次，武帝送给王恺一棵二尺来高的珊瑚树，品相极佳，世间罕有。如此珍贵的宝贝，王恺自然要拿去和宿敌炫耀一番。没想到，石崇见了以后，竟然用铁如意去敲打珊瑚树，把珊瑚树弄碎了。

王恺心里难受，又很生气，心想石崇一定是嫉妒自己！而石崇此时缓缓开口道：“别生气，马上就赔你一个新的。”他让手下把家里的珊瑚树全都拿出来，高三四尺、枝条举世无双的有六七棵，像王恺拿来炫耀的那种就更多了。王恺看了，只有“茫然自失”，从此不再在石崇面前显摆。果然，能治显眼包的，只有另一个更大的显眼包。

东晋时期，有一趣事。蔡谟渡江时，见到蟛蜞，灵光乍现，聪明的小脑瓜立刻想到了曾经读过的书，“八足二螯”，书上说这是蟹！于是他坚信这就是蟹的一种，便抓来煮了吃了。没承想，吃了以后，上吐下泻，蔡谟才知道这根本不是螃蟹！

后来谢仁祖听说了此事，点评说：你《尔雅》读得不熟，差点被《劝学》害死！蔡谟只学了《劝学》的“蟹有八足，加以二螯”，没读到《尔雅》里写蟛蜞“似蟹而小”。显眼包读书了，但没读精。

唐代宗大历九年（公元774年），新科进士张莒得中进士后去大雁塔游玩。“春风得意马蹄疾，一日看尽长安花”，被张莒这个显眼包（高中进士版）演绎得淋漓尽致。张莒一时兴起，在大雁塔上题名：新科进士到此一游。从此以后，唐朝的进士们就爱上了这种恣意潇洒的耍酷方式。

张莒最著名的效仿者是白居易。贞元十六年（公元800年），白居易和其他十六位同科进士们跑到大雁塔，庆贺自己得中进士。白居易写的是：“慈恩塔下题名处，十七人中最少年。”暗戳戳秀了一把自己“最少年”。

此后，“雁塔题名”既是学子寒窗苦读多年难得做一次“显眼包”的机会，也成了考试高中的代名词。后来牛李党争时，当朝宰相李德裕下令禁止了雁塔题名的不文明行为。不去题名是因为他不想吗？不，是因为他不是进士。

明朝时，有一个北方人在南方当官。有一次，他在酒席上吃菱角，连着壳放进嘴里一起吃了。有人善意地提醒他：“吃菱角要去壳的呀！”此人嘴硬，装作很熟悉菱角的样子，说：“我才不是不知道菱角要去壳吃，连着壳吃是因为我想清热解毒。”这么一说，提醒他的人也不自信了：“你们北方也有菱角啊？”此人回答：“可多了，前面的山后面的山里，到处都有的。”菱角是水生植物，并非在土地里生长，在座的人只好尴尬一笑。

清初著作《夜航船》中有一个相似的显眼包卖弄文化被戳穿的故事。某日，一个僧人和一个士子一同在夜晚乘船。士子高谈阔论，显得很有文化的样子。僧人有点文化人恐惧症，不敢打扰他，便缩着脚睡。士子讲着讲着，僧人发现不对劲：这好像是个假的文化人！

僧人问：“澹台灭明是一个人还是两个人？”士子说：“那当然是两个人啦。”（澹台灭明是孔子的学生，复姓澹台，名灭明，字子羽，七十二贤人之一。）僧人又问：“那么尧舜是一个人还是两个人？”士子回：“自然是一个人。”僧人笑了：“这样说来，我可以伸伸脚咯。”

小装怡情，大装伤身。做显眼包要谨慎！

真正的情绪稳定，是允许一切发生。

赢在好心态

□张　希

唐代科举考试进士科分为三场，每场考一天，考生如果答不完卷，可以延长一夜的时间。每个考生在考棚（当时称作考铺）中居于一个窄小的格子内，整个考试过程中，答题、吃饭、休息全部在这儿进行。

《唐摭言》记载，考生郑光业白天没有答完卷，于是晚上秉烛答题。就在他紧张答题之时，旁边格子的一位考生走了过来。他说想在郑光业这里坐一会儿，郑光业爽快地同意了。这人坐了一会儿又说，自己的水没了，让郑光业帮他烧些水。郑光业烧好了水，这人又让郑光业为他煎茶，郑光业没有不耐烦，又给他煎了茶。喝了茶，这位考生才走。被这么一弄，郑光业耽误了不少时间，但他没有受到什么影响，重新坐好，继续答题，最终高中状元，而那名打扰他的考生却名落孙山。

郑光业赢在何处？学识、文采自不必说，临场的心态也起到很大作用。面对一场足以决定一生命运的重要考试，很多人会因为巨大的压力导致心理失衡，一点风吹草动都会引起情绪波动。郑光业则不然，他沉着镇定，心态平和，遭遇这位“奇葩”考友，竟能轻松应对，丝毫没受影响。

考试是对考生的全方位考核。不仅仅是知识，应对压力的能力同样在考核范围之内。

急于求成的时代，耐心才是更大的智慧。

不急于拥有

□朱永波

去乡间游玩，偶遇一群孩子在草丛中捉蟋蟀，便站在一边看起了热闹。

孩子们捉蟋蟀的方法千篇一律：蹲在地上，目不转睛地在草丛中搜寻，当草丛中出现一只蟋蟀，孩子们便慌忙往前一扑，想用手捂住蟋蟀，但往往孩子们刚一行动，蟋蟀就跳到别处，很难抓到。这时，不远处一个长相清秀、神情自若的少年吸引了我的目光。

好奇心促使我走近了少年，我发现少年的瓶子里都是品相极好的蟋蟀。当别的孩子累得气喘吁吁却收获甚微的时候，这个少年竟然抓住了这么多蟋蟀，确实不简单。在同一片草地里，却有不同的战果，我想这里面肯定有文章。

一问才知，原来这少年捉蟋蟀的方法确实与众不同。他并不蹲在地上找蟋蟀，而是站着在草丛中行走，目的是惊起蟋蟀。蟋蟀现身后，他也并不急着去抓，而是密切关注着蟋蟀的动向，然后逼其跳跃，待其跳跃到另一处时再去惊扰，逼其再次跳跃。如此反复几次，蟋蟀筋疲力尽再也无力跳跃，用脚吓唬，也只能慢腾腾地爬着走了，少年便如捡珍珠般“捡回”蟋蟀，放入瓶罐中。

我被少年的聪慧所折服，相比于其他孩子，他的方法省时省力，而且胜算极高，因为胜算高，也便有了选择权，入不了眼的蟋蟀他会懒得追逐。而其他孩子，只要能捉到就很开心了，哪还要求什么大小和品相。

也许，不急于拥有，才能拥有得更多，越耐心地过好当下，才能越成功地拥有未来。

我是这个世界上独一无二的自己。

亿分之一与万分之一

□李雅融

月亮妈妈有一亿个孩子。这些孩子通常被人们称为月影。因为所有的月影几乎一模一样，所以就连月亮妈妈也无法把它们区分开来。

在这一亿个月亮娃娃中，有一个娃娃叫亿分之一。亿分之一总觉得自己普通得不能再普通了，它有点忧伤地想：像我这样的月亮娃娃，多一个少一个有什么区别呢？有一天，亿分之一来到了一个普普通通的小池塘。它在这里遇见了一条叫万分之一的小鲤鱼。像万分之一这样的小鲤鱼，小池塘里一共有整整一万条。

接连几个晚上，亿分之一总是来到小池塘，因为万分之一总有数不清的问题等着问它，比如云朵怎样飘，月影们如何搭乘风之车，等等。尽管这些事情对于任何一个月亮娃娃来说都普通得不能再普通了，可万分之一总是瞪着两只眼睛听得无比认真。

有时候，万分之一也会告诉亿分之一池塘水底的事情。就这样，万分之一与亿分之一成了最好的朋友。

日子过得很快，不知不觉中，亿分之一在小池塘已经待了整整88天，它感觉自己似乎已经把所有的话都讲完了。它很少讲这么多话的，因为以前它在任何地方都

不会待很久。终于，它对万分之一说：“我要去别的地方了，看一看新鲜的风景，经历一些有趣的事情，再来讲给你听。”

亿分之一离开了小池塘，去了很多很多地方。

它去了寒冷的北极，差一点儿就被永远地冻在冰面上了。还好亿分之一的心里有对万分之一的惦念，这种惦念在它心里燃起寒冰也无法熄灭的小火苗。靠着这团小火苗，亿分之一才终于逃脱了北极的寒冰。

它去了幽静的山谷，那里四周都生长着一种珍稀的树木，树上开满了梦幻般的花朵。但是它的眼前总有一个小小池塘的影子，所以它终究还是离开了。

亿分之一返回了小池塘。它吃惊地发现万分之一已经长到一尺多长了，差点儿认不出了。它的心中不禁有些失落，感觉好像错过了很多时光，于是它决定再也不离开小池塘了。

它们就这样相伴着，从太阳落下到太阳升起，一过就是四十年，万分之一长到了整整两尺，正好和月影的直径一般长。但亿分之一还是没有丝毫变化，和它们刚认识时一样。因为每个月亮娃娃的寿命是一亿年，几十年对于它来说只不过是生命中很短很短的一段时间。但万分之一的寿命只有四十多年，它已经是一条年迈的鲤鱼了。

那一天终于还是到了，万分之一躺在亿分之一的怀抱里，心满意足地轻声说了一句：“我是一条独一无二的、住在月影里的鲤鱼呀。”说完，它永远地睡着了。温柔的晚风吹过，带来一点淡淡的桂花香，亿分之一轻声叹息：“我也是这个世界上独一无二的月影，因为我的心里住着一条独一无二的鲤鱼。”

时间是一切冲突的治愈者。

时间解药

□高自发

小小厨房也有大学问。比如，饭勺上黏了饭粒，及时用水一冲或用抹布一抹就干净了；如果黏得久了，饭粒变得干硬，紧紧附着在饭勺上，想把它立刻弄掉已非易事。最省力的办法是把饭勺扔到水里泡一泡，等饭粒泡软了，用抹布轻轻一擦就干净了。

饭粒变硬，牢牢地黏在勺子上，是时间太久的缘故；想让饭粒变软，需要长时间泡在水里才行。由此可见，很多因为时间导致的问题，最好的解决办法往往也是时间。一般说来，形成问题的时间有多长，解决问题的时间也会有多长。很多时候，遇到难题如果没有对症下药，效果就会适得其反。时间就如一味灵丹妙药，若把问题交给它，答案反而会慢慢显现。等待，有时反而比仓促动手的效果更好。

当你尝试着去深入了解他人时，其实才会了解更多的事实和真相。

我为什么要生气

□黄　桐

有一次，有个朋友告诉我，她到某家餐厅吃饭，遇到一个态度非常恶劣的服务员。只是，她说这件事的时候，语气里不但没有丝毫的愤怒，反而透露着怅惘，让我有点儿摸不着头脑。

于是，我好奇地问："遇到这样的服务员，难道你不生气吗？"

"不会啊，我为什么要生气？我反而觉得那个服务员好可怜哦！"她叹了一口气。

"可怜？为什么可怜？"我越来越听不懂。

"她用这样的态度工作，不难想象她一定很讨厌自己的工作。"朋友解释，"她讨厌这份工作，却还要天天做，难道不可怜吗？"

一个人能走多远，要看他与谁同行。

一只鸥鸟能影响七只鸥鸟

□黄小平

有一种鸥鸟，常成群结队地飞翔，有时甚至数万只聚在一起，铺天盖地，而它们飞行的步调是那么惊人地一致，好像有一个总指挥在指挥着它们飞行。

其实，在数万只鸥鸟的飞行队伍中，每一只鸥鸟只能看到离它身边最近的七只鸥鸟，也就是说，每一只鸥鸟是通过观察身边七只鸥鸟行动的变化而随时调整自己的飞行姿态，以便与身边七只鸥鸟的飞行保持一致。就这样，每一只鸥鸟受身边七只鸥鸟的影响，而每一只鸥鸟又影响着身边的七只鸥鸟，数万只鸥鸟按照这个规律彼此影响着，最后整个飞行团队的步调惊人一致。

一个人也是如此，影响你的，往往是你身边的人、离你最近的人，而你所能影响的，也是你身边的人、离你最近的人，但你可以通过影响身边的人而影响一个团队、一个集体、一个世界。

如果此时你也抬头看月亮，那就当我们见面了。

关掉月亮

□解飞扬

在一个安静的夜晚，我失眠了。我用了很多办法试图睡着，可是依然睡不着。于是我开始寻找失眠的原因。我想了想，突然明白了，我失眠的原因是夜晚不够黑。这都是月亮惹的祸。在这本应漆黑的夜晚，月亮就像一盏明灯，照亮了整个夜空，也照得我异常清醒。

为了休息，我不得不对月亮做点儿什么。我给月亮套了一个废弃的灯罩，并安装了一个开关。插上电源，按下开关，“啪”的一下，月亮就被关掉了。整个夜空突然暗下来，这才是我心中的夜晚啊！我心情舒畅地睡着了。就这样，每当我失眠的时候，我都会偷偷地把月亮关掉，并在太阳出来前把月亮打开，以免被人发现。

许久以后，我不再失眠，也不再将月亮关掉。如果在很久以前，你在夜晚没有看到月亮，那也许就是我干的坏事。

趣味小测试 仅供娱乐

测测你对情绪的控制

许多人往往高估自己，觉得自己平易近人，但对于其他人而言，你不亚于一枚定时炸弹。下面这个测试有助于了解你是否能控制自己的情绪。

1. 遇到冲突时，你会怎么做？

A. 大声争辩，决不退让

B. 沉默忍耐，憋一肚子火

C. 冷静下来，试着沟通解决

2. 压力大的时候，你通常如何应对？

A. 崩溃大哭，或者找东西发泄

B. 假装没事，继续硬撑

C. 找个方法放松，比如散步或听歌

3. 别人误解你时，你的反应是怎样的呢？

A. 立刻反驳，证明自己没错

B. 不解释，但心里很介意

C. 先听对方说完，再表达自己

4. 生气后，你多久能平静？

A. 一整天都过不去，甚至更久

B. 几小时后能好，但会反复想

C. 半小时内就能调整过来

5. 当对方发怒时你会怎样？

A. 我不怕别人发怒，事实上我喜欢吵架

B. 愤怒的人使我害怕，我总是想法与他和解，或者躲开他

C. 别人和我翻脸时，我听他说完，然后设法使他平静下来，以便我们能开诚布公地谈谈

每题选A得1分，B得2分，C得3分。把5个问题的分数加起来，总分在5～15分之间。看看你是哪一类吧！

测试解读

分析

5～8分：情绪小火山随时可能喷发

你是个真性情的人，情绪来得快去得也快，但有时控制力不太够。生气时像火山爆发，冷静后又有点后悔。

小建议：下次生气时，试着先离开现场10秒，深呼吸几次，能帮你减少点“火山灰”。

9～12分：情绪隐形侠，表面平静内心汹涌

你习惯把情绪藏起来，外表冷静，但内心可能翻江倒海。忍耐力强，可偶尔会因为憋太久而失控。

小建议：试着找个出口，比如写日记或找朋友聊聊，别让自己“憋出内伤”。

13～15分：情绪管理大师，稳如泰山

恭喜你！你很懂得跟情绪相处，既能觉察它，也能调整它。你了解自己的情绪并能适当地表达。生活中就算有风浪，你也能稳住自己。

敬 启

本书为正规出版物。在阅读过程中，若遇内容方面任何问题，请与我们联系，联系电话18501931246。若影响到您的阅读体验，我们深感抱歉！感谢您对本书的认真阅读。